LE CHASSEUR

URBAN G. AECK

LE CHASSEUR

Suspense

ÉDITIONS DU ROCHER

Jean-Paul Bertrand
Éditeur

CHAPITRE I

— Putain, on crève, aujourd'hui !

Le Grêlé était à bout de souffle. Sa respiration sifflait comme un réacteur et les brillances de la transpiration creusaient davantage encore les milliers de cratères malsains de sa longue face osseuse. Il toussait depuis des heures. Depuis qu'ils avaient enfourché leurs *choppers* pour filer vers le *Nordland*. Au point qu'Abel Ström, le chef des *Tolls,* les Enragés, un géant au crâne rasé, bardé de vieux cuir et d'acier et armé d'un court stick, commençait a se demander s'il allait le flinguer sur place ou attendre que sa piquouze fasse son effet. Il n'en pouvait plus, Abel Ström. Depuis son accident, depuis qu'on lui avait vissé cette plaque de carbotitium sur le front pour favoriser la restructuration osseuse, il se gavait de trucs à base d'aspirine et s'énervait pour des riens.

— Putain ! cracha de nouveau le Grêlé. C'est de la merde qu'on respire, ici !

— Fais-lui dire de fermer sa grande gueule, à ce connard ! Qu'il déguste sa lancette et qu'il la ferme !

Ça y était. Abel Ström s'énervait. Il venait de faire ce qu'un *président de section* essaie d'éviter. En principe, le service d'ordre intérieur d'une bande de hells était assuré par le *sergent d'armes*. Mais les jérémiades du Grêlé lui portaient sur le système et il venait de dire au *meneur* directement placé près de lui de s'occuper de l'affaire. Il ne supportait pas les gémissements. Sa bande n'était composée que de *vrais* hommes.

Bien sûr qu'on respirait du *jaune,* sous ce ciel pourri de Hambourg. Bien sur que ça attaquait les bronches tous les jours un peu plus. Mais c'était comme ça. Et ce n'était pas ce grand con avec sa cape rouge de vampire de télé et sa lancette, sa seringue à autocompression constamment fixée au bras qui pourrait quelque chose contre ça. Personne n'y pouvait plus rien. Dès que le moindre brouillard se mettait de la partie, on se chargeait les éponges à la purée de pois. À cause de tous ces foutus millions de bagnoles, bien sûr, mais surtout à cause de ces empaffés d'industriels qui avaient couvert tout le *Nordland* avec leurs usines de merde. Alors, pots tricatalytiques ou pas, traitements à la « source » des déchets chimiques ou non, les jours de *jaune,* ils avaient beau tout arrêter et entauler ceux qui prenaient leur bagnole sans que ce soit leur jour, ça n'y changeait plus rien. Depuis longtemps. Ici, le ciel était soit d'un beau gris-bouillasse, soit carrément jaune-chiasse.

Surtout les nuits de pleine lune.

Comme cette nuit, justement. Entre deux averses acides, il suffisait de lever le nez au-dessus de l'*autobahn* n° 5 où les choppers de la bande zigzaguaient dans le flot des voitures pour découvrir le panorama céleste. D'épaisses nuées jaunâtres, derrière l'écran brouillasseux à travers lequel on voyait danser la lune. Une saloperie de lune, avec sa tête ronde toute cratéreuse comme celle de ce connard de Grêlé.

Mais ce soir, le chef des Tolls se sentait poète. Lui, ça faisait des jours et des jours qu'il pensait à la même chose.

À Vilna.

Il n'en dormait plus, n'en mangeait plus, n'en buvait presque plus et il était passé à quatre doses quotidiennes. Mais lui, la lancette souple à autocompression, il n'aimait pas. Trop lente. Ses *rushes,* il les voulait durs. Violents comme des orgasmes mortels. Alors, dédaignant à la fois l'Hérosyntex, seule drogue « dure » autorisée par le ministère de la Santé et son mode d'injection égréé, il s'envoyait de puissants jets de piston dans les veines. Des seringues pleines d'héroïne. De la vraie. Celle qu'on trouvait encore à prix d'or dans les tripots aux remugles opiacés de « China » ou dans les ruelles pimentées d'« Arabia », les immenses ghettos Est ct Sud du Grand Hambourg. Bien sûr, avec les lois à la con du gouvernement, tout utilisateur d'héro risquait le camp de désintoxication et le travail forcé d'utilité publique à la sortie, mais Abel Ström ne craignait rien. Jusqu'à maintenant, les flics qui avaient joué aux marioles, les Tolls les avaient flingués. Ça faisait réfléchir.

Mais bon Dieu qu'il en avait envie, de Vilna !

Depuis qu'il l'avait vue, la pisseuse, son ventre le brûlait et les pires fantasmes défilaient sous son gros crâne rasé. Alors, cette nuit, il avait décidé d'aller se la chercher.

— T'as tort, Abel !

D'abord, tassé dans son side-car laqué de fresques folles et tétant son gros pétard éteint, le chef des

Tolls donna l'impression de ne pas avoir entendu. Il jouait avec son stick d'un air dégagé. Au-dessus de lui, serrant la moto entre ses cuisses puissantes gainées de vrai cuir noir, l'imposante walkyrie au crâne également rasé et aux immenses lunettes rouge-fluo passa son bubble dans le creux de son autre joue pour hurler de nouveau :

— T'as tort, Abel !

Le chef avait laissé dire. Bubblie répétait toujours au moins une fois les trucs. Un tic. Aussi systématique que ses éternels bubbles au sucre de hasch ou ce gros rat blanc avec sa laisse en or qu'elle emportait partout. D'une autre bonne femme, il ne l'aurait jamais accepté. Mais Bubblie était *sa* femelle et il lui passait beaucoup de caprices. Beaucoup trop. Notamment, depuis l'accident qui l'avait privé de sa jambe gauche, celui de la laisser piloter le side-car à sa place. Tâche qui aurait normalement dû être confiée à un membre masculin de la section. D'ailleurs, Bubblie n'était même pas censée les accompagner dans leur « mission ». Seulement, elle savait se comporter comme un homme et Ström était souvent trop indulgent avec elle.

Mais pour ce qui était de Vilna, pas question de céder.

C'était de la jalousie.

— T'as tort, Abel !

Elle était décidément jalouse. Trop. Car Abel savait parfaitement ce à quoi elle faisait allusion. De Vilna, elle n'en voulait pas. Tellement pas qu'elle enchaînait déjà :

— Cette *clean,* elle va te poser des problèmes.

— Ta gueule ! hurla soudain Abel Ström en envoyant un terrible coup de stick sur la carrosserie du side-car.

Le rat blanc qui pointait son museau dans l'échancrure du blouson de Bubblie y rentra précipitamment. Ström était fou de rage. La *clean* en question était bien Vilna. Tout ce qui n'était pas toll ou seulement marginal était *clean*. En péjoratif, évidemment. C'était comme ça qu'ils voyaient les choses, chez les Tolls. Mais ce soir, Abel savait bien que cette emmerdeuse de Bubblie parlait seulement de Vilna. Le genre de discussion qui le rendait malade.

— D'ailleurs, reprit Bubblie, implacable, je suis sûre qu'elle n'est même pas chez les vieux cons, ta clean. Tu l'auras pas.

— Tu vas la fermer ta grande gueule de pétasse, salope !

La walkyrie aux lunettes fluo eut un sursaut de rage qui fit tanguer l'engin. Autour d'eux, la bande faisait semblant de ne rien entendre. Tous connaissaient les rognes dévastatrices du géant. La dernière fois qu'un Toll lui avait manqué de respect, ses cris d'agonie avaient résonné trois jours et trois nuits dans les cités en ruines de Schwarzland, l'immense domaine des Tolls. Cette fois, Bubblie resta muette un long moment et Abel crut l'avoir matée. Mais soudain, alors qu'ils abordaient la grande rocade de Nordland 2, la walkyrie lâcha, glacée :

— C'est pas comme ça qu'on parle à *sa* femme, Abel.

— La ferme ! Et roule !

Ce fut tout. L'un et l'autre savaient qu'ils allaient se faire la gueule un long, un très long moment. Mais Abel Ström s'en moquait. Une seule chose comptait actuellement : Vilna.

Alors, il avait hâte d'arriver.

Autour de la horde grondante des choppers aux couleurs criardes, les voitures se rangeaient précipitamment. Il n'était pas rare en effet que les Tolls et autres bandes genre *easy* se fraient leur chemin à grands coups de bottes dans les carrosseries. Une fois, un type, un Français, était descendu de son Auxia pour engueuler un Toll. Les choppers arrêtés en pleine *autobahn* avaient bloqué la circulation et, de son side-car, Abel avait juste hoché sa grosse tête rasée. Le Français avait été lynché sur place, sans qu'aucun autre connard d'automobiliste n'ose lui porter secours. Et pas une seule plainte n'avait pu être enregistrée. Les choppers des Tolls ne portaient pas de numéros. Abel avait toujours la montre du Français au poignet. Trophée de guerre.

Soudain, un grand rire excité coupa les réflexions d'Abel Ström. Juché tout en haut de son chopper dément aux allures de mini-raffinerie étincelante, le Grêlé hochait frénétiquement sa tête déplumée. Avec « Roth » Face, un autre taré dans son genre, il était le seul Toll à avoir conservé ses cheveux. Très longs, d'une vilaine couleur filasse et avec une large calvitie eczémateuse sur tout le sommet du crâne. Bien sûr, les usages tolls exigeaient des crânes lisses, mais Ström tolérait parfois une ou deux exceptions quand les intéressés faisaient montre d'originalité. Or, outre sa figure à demi-brûlée à l'acide, « Roth » Face avait aussi perdu ses testicules au cours d'une guerre inter-easy et le Grêlé était dingue. Une sorte de mage. Le bouffon du roi. C'est-à-dire celui de Ström. Deux personnages hauts en couleur.

Mais ce soir, le rire de cet abruti agaçait Abel Ström. Un rire qui n'en finissait plus et qui sonnait aigu au-dessus des grondements des moteurs.

— Tu vas te la faire, Abe ! Tu vas te la faire, cette pucelle !

Nouveau rire dément puis :

12

— Je vais aller te la chercher. Et je te la mettrai dessus...

— Ta gueule !

Cette fois, c'était Bubblie. En temps normal, elle ne supportait déjà guère le chevelu, mais cette fois, elle le haïssait carrément. Justement parce qu'il allait être la jambe manquante d'Abel. Parce qu'il avait été désigné pour diriger le commando et qu'ainsi, la tâche sacrée de ramener cette Vilna à son chef lui était échue. D'ailleurs, ce soir, elle haïssait la Terre entière, Bubblie. Au point qu'elle s'était juré de la tuer, cette Vilna. Dès qu'elle en aurait l'occasion.

— Bubblie a dit « ta gueule ! », intervint Abel à l'adresse de son meneur. Fais-lui dire de la boucler ou je lui arrache les couilles.

Ça, c'était juste pour calmer sa femme.

Il cracha au passage sur la carrosserie d'une voiture et enchaîna :

— Qu'il aille chercher la pisseuse, mais qu'il ferme sa gueule !

L'ordre fut répercuté et un nouveau rire de l'intéressé résonna. Dément.

— OK, OK, Abe !

Puis le Grêlé donna un coup de poignet et la moto fit un bond en avant. Bientôt, la horde franchit l'interminable Nordlandbrücke n° 4, pont géant suspendu qui enjambait l'immense zone industrielle de Nordsteilshoop, et les Tolls durent placer les masques à filtre devant leur nez. Certaines nuits, quand la qualité de l'air le permettait, les usines avaient l'autorisation d'évacuer leurs trop-pleins d'émanations toxiques.

On n'y voyait alors pas à dix mètres et les véhicules se guidaient aux balises lumineuses du tablier. Loin devant Abel, le Grêlé se mit à tousser comme un perdu et une mouette vint s'écraser sur l'avant du side-car.

Aucune circulaire officielle ne prévenait les oiseaux de ces « dégazages ».

Mais Abel Ström se moquait des mouettes et de tous les oiseaux. Il n'aimait que la violence, l'alcool, la drogue et le sexe dépravé. Et plus le temps passait, plus le siège du side-car lui tapait le fondement, plus il s'excitait à l'évocation du corps de Vilna. Un corps inachevé. Mince, nerveux, presque asexué. L'objet d'une obsession trop longtemps refoulée.

Enfin, le Nordlandbrücke s'acheva en un réseau complexe de rocades et de bretelles. Les choppers de tête bifurquèrent à droite et la horde grondante prit la direction de Nordland 3. La banlieue industrielle la plus crasseuse du Grand Hambourg.

Abel Ström approchait de son fantasme.

Un quart d'heure plus tard, la meute des choppers longeait les murs de la Detroit Chemical Energy, contournait le cimetière de Gropius Ring et s'arrêtait enfin sur l'immense *parkplatz* des *bürohaus* de la Shell-Industrie. Tous les moteurs s'étaient tus et les phares s'étaient éteints. Mais quelques étages du building de verre et d'acier de la Shell étaient allumés et, dans le *jaune* en suspension, cela donnait une luminescence sinistre de série télé d'horreur. Deux Tolls étaient allés s'accroupir devant les portes en verre et déféquaient tranquillement sur le seuil. Leurs rires gras résonnaient dans la nuit crasseuse.

Écœurant.

Ici, le Nordland 3 était principalement composé de cités pavillonnaires. Des cellules d'habitations grisâtres imbriquées les unes dans les autres, entourées de minuscules jardinets rachitiques. On était dans le quartier des retraités, Grün-Nordland 3. Le coin où chaque pue-la-sueur de Hambourg souhaitait se retirer un jour. On y avait aménagé un parc, un centre culturel spécialisé où le boulot le plus florissant était celui des psychiatres. À cette heure tardive, malgré la télé-non-stop, il n'y avait plus une seule fenêtre éclairée. Mais Abel Ström savait que les vieux avaient le sommeil léger. Mieux valait ne pas se faire trop remarquer, car chaque baraque était équipée d'un système d'alerte centrale relié au *polizeirevier* le plus proche.

Or, ce soir, Abel Ström ne voulait pas de flics sur le dos.

Ce qui restait à faire était pour lui la chose la plus importante de cette première moitié de XXIe siècle. Il allait enfin s'offrir le somptueux jouet qu'il convoitait depuis des mois.

Vilna.

Vilna et son petit corps de nymphette, Vilna et ses grands yeux à la fois rieurs et interrogatifs, Vilna et sa voix encore à peine formée, Vilna et cette peur du mâle si excitante qu'il avait discernée sur son petit visage quand, la semaine dernière, à la sortie du Krügers Park, elle avait surpris son regard d'homme posé sur elle.

Vilna et ses onze ans !

Le silence était maintenant total. Impressionnant. Même Bubblie avait cessé de soupirer en levant les yeux au ciel. Résignée, elle attendait. Comme les autres. Abel Ström se tortilla dans son side-car, pointa son stick sur le Grêlé en grognant à l'adresse du meneur :

— Il fait comme j'ai dit. Qu'il emmène Beck et Mao avec lui.

Beck était un Allemand pur. Un géant blond avec une gueule cassée à la barre d'acier, qui aimait son

15

Gun Remington Pack 900 à canon lisse comme une maîtresse et affirmait avoir eu un proche compagnon d'Hitler comme ancêtre. Mao, lui, était tout simplement chinois. Nés à Hong Kong, ses aïeux avaient dû fuir l'ancienne colonie anglaise après le retour de celle-ci dans le giron de la Grande Chine en juillet 1997. Et si Ström les envoyait avec le Grêlé, c'était pour deux raisons précises. D'une part, avec sa gueule de catastrophe aérienne et son Remington Pack, Beck faisait presque aussi peur que « Roth » Face, mais il était moins dingue ; d'autre part, Mao n'avait pas son pareil pour séduire... les serrures. Alors que les trois missionnés s'apprêtaient à relancer leurs moteurs, Abel Ström pointa son stick droit devant en précisant :

— C'est la dernière baraque. Dans la rue juste en face. Une porte rouge foncé. « Papen », ils s'appellent, les vieux. C'est marqué sous la sonnette du *visiophon*.

Puis, agitant de nouveau son stick dans la direction du Grêlé, il menaça :

— S'ils la ramènent pas, la pisseuse, c'est même pas la peine qu'ils reviennent. Mais après, qu'ils se planquent bien !

Le rire sinistre du Grêlé résonna dans le *jaune* de la nuit.

— On te la ramène, Abe ! On te la ramène tout de suite !

Les trois choppers démarrèrent en sous-régime et la voix du Grêlé s'éleva de loin, assourdie par le brouillard chiasseux :

— Je te l'enfilerai moi-même sur le dard, Abe. Juré !

— Hans !

Hans Papen était un peu sourd et il avait le sommeil lourd. Surtout le premier. Le meilleur. Son épouse dut le secouer à plusieurs reprises pour qu'il daigne enfin pousser un grognement indistinct.

— Hans ! J'ai entendu du bruit.

— Hum ! grogna de nouveau le retraité de la Shell. Sûrement encore ces Gretz. Ils font toujours du bruit.

— Hans ! s'énerva Erin Papen. J'ai entendu du bruit dans la maison. Comme un grincement de porte.

Hans Papen s'était redressé sur un coude. Pour mieux prêter l'oreille. Il perçut effectivement un léger grincement, mais dans ces pavillons construits à la va-vite, il y en avait toujours. Même les murs en vitro-béton se lézardaient. Question de terrain. On avait construit Grün-Nordland 3 sur d'anciennes décharges industrielles.

— Hans ! Tu as entendu ?

Hans Papen avait entendu. Cette fois, il n'y avait pas de doute. Il y avait bien des bruits étranges dans la maison. C'était même tout près de la porte de leur chambre. Hans tendit la main vers la lampe de chevet et une lumière dorée jaillit.

Exactement à l'instant où la porte s'ouvrait à la volée.

Le battant percuta le mur, faisant tomber un sous-verre qui se brisa au sol et les Papen ne comprirent pas tout de suite ce qui se passait. Une ombre gigantesque leur tomba dessus et Erin Papen poussa un petit cri de souris. Quelque chose de dur et de glacé venait de percuter son front avec violence. La tête brutalement rejetée en arrière, elle vit en gros plan un canon tout noir dont l'image devenait plus nette

17

à mesure qu'elle regardait plus loin. Plus loin, il y avait aussi la face couturée et boursouflée de Beck. Avec un regard minéral qui hypnotisait la pauvre femme. Bouche ouverte sur un cri qui ne voulait pas sortir, elle entendit comme dans un cauchemar une voix dure qui grinçait :

— Tu fermes ta gueule, ou je lui éclate la tête.

La brute s'adressait à Hans. Erin Papen eut une seconde l'envie de tourner la tête vers lui pour essayer d'y trouver un peu de réconfort. Mais un cri jaillit de l'autre chambre, suivi de ricanements sauvages.

Vilna ! Sa petite fille !

À la même seconde, l'arme monstrueuse qui creusait son front fit entendre un son métallique de ressort. Alors, la panique submergea Erin Papen. Un hurlement fusa de sa gorge et elle se débattit avec la force du désespoir.

La détonation fut presque ridicule.

Équipé d'un puissant réducteur de son alvéolé en chicanes, le Remington Pack était une arme de commando. Une arme redoutable et discrète, mais dont le pouvoir d'arrêt des balles taillées en étoile était tout à fait dévastateur. Sous l'impact à bout touchant, le front d'Erin Papen s'ouvrit comme une noix éclatée et tout l'arrière de sa tête explosa quand le plomb déformé ressortit, entraînant la cervelle en bouillie avec elle.

L'horreur totale.

Le plaisir absolu de Beck. Une coulée de lave en fusion déferla dans ses reins. Il lâcha un cri rauque et grinça des dents en raidissant toute sa grande carcasse. Ce fut à la fois fulgurant et crucifiant. Un plaisir jamais ressenti avec aucune femme. Déjà, le canon éclaboussé de sang s'était déporté et venait de s'enfoncer dans la bouche dilatée d'horreur de Hans Papen. Au passage, il lui brisa toutes les dents de devant et lui repoussa la langue jusqu'au fond de la gorge. Hans Papen accrocha ses deux mains au canon encore chaud, éructant des sons inarticulés et roulant des yeux fous. Mais Beck ne lui prêtait aucune attention. Par les portes ouvertes des deux chambres face à face, il pouvait voir ce qui était en train de se passer de l'autre côté.

— Nein ! NEIIIN !!!

Surprise dans son sommeil, la jeune Vilna n'avait pas réalisé ce qui arrivait. La couette qui la couvrait s'était arrachée du lit, révélant ses petites fesses nerveuses et veloutées sous la nuisette remontée à la taille. Puis la lumière s'était allumée et elle avait vu le cauchemar fondre sur elle.

Deux hommes. Un Asiatique au crâne rasé et un Blanc aux longs cheveux croûteux qui ricanait. Des éclairs de folie zébraient ses petits yeux vicieux et il avait saisi les hanches de Vilna pour la plaquer contre son ventre. C'était comme dans ces holofilms d'horreur dont elle raffolait. Paniquée, elle se débattait. En vain. Elle entendit sa grand-mère crier, perçut une sourde détonation et elle hurla. Mais l'Asiatique lui envoya une gifle qui lui éclata les lèvres. Vilna gémit de douleur, sentit le goût du sang emplir sa bouche et, les yeux pleins de larmes, elle entendit le Jaune apostropher le Blanc :

— T'as entendu Abe. C'est pour lui qu'il la veut !

— Ta gueule. Tiens-la !

Le Grêlé connaissait Ström. Pas bégueule. Ce qui comptait, c'était de ramener la pisseuse.

Les chevilles de Vilna furent prises dans deux étaux et malgré ses ruades, ses jambes s'écartèrent irrésistiblement. Puis elle sentit ses entrailles s'ouvrir et un feu d'enfer la déchira tout entière. Cette fois, elle hurla. Si fort que sa tête lui fit mal. Un coup dans l'estomac la fit taire et le feu de son ventre augmenta. Si fort que la gamine se sentit soudain partir.

Elle s'évanouit à la seconde où le Grêlé prenait son plaisir.

Elle était encore inconsciente quand, cinq minutes plus tard, roulée dans une couverture, elle fut jetée dans le side-car d'Abel Ström. Avec son rire de fou, le Grêlé découvrit la croupe pâle de la gamine en la présentant à son chef.

— Regarde ! ricana-t-il. Regarde, Abe. Elle est toute bonne !

Mais à cet instant, Abel Ström remarqua les coulées sanguines qui sinuaient entre les jeunes cuisses et il comprit ce qui s'était passé. Une formidable colère s'empara de lui et, exhibant soudain le terrible 44 Manlischer à trente coups qui ne le quittait jamais, il visa la tête déplumée du Grêlé et pressa la détente.

Tout le chargeur y passa. En à peine deux secondes.

Quand le gros automatique fumant se tut dans le poing d'Abel Ström, le Grêlé était encore debout. Enroulé dans sa cape flamboyante, il oscillait sur place, les bras écartés du corps et les jambes secouées de frémissements. Mais il ne pouvait plus tousser. Il n'avait plus de tête. Plus du tout. Et le sang sortait de son cou haché comme les deux jets d'une sinistre fontaine. Enfin, sa grande carcasse trop maigre bascula et il s'effondra en arrière, écartelé, encore secoué de convulsions.

— Tenez, vous autres ! aboya alors Abel Ström à la cantonade. C'est à qui la veut.

D'un bras, il avait soulevé le mince corps pantelant de Vilna au-dessus de sa tête et, d'un geste brutal, il la lança à ses hommes. Vilna, son pur, son cher jouet d'amour avait été souillé. Il ne lui plaisait plus. Il cracha par terre, rota, sentit ses migraines revenir au galop et avala toute une poignée d'Aspiridium. Son autre drogue.

Dès lors, ce fut la ruée.

Serrant convulsivement le chopper entre ses cuisses, Bubblie la walkyrie éclata d'un grand rire dément. Elle avait gagné ! Sans même combattre !

Alors, comme au cours de ces *buz-kachi* qui se déroulaient encore parfois en Afghanistan, hurlant sur leurs choppers, les Tolls se mirent à caracoler sur l'immense *parkplatz* noyée de brume jaunâtre, lançant, s'arrachant et se disputant l'enjeu du rodéo. Mais on n'était pas en Afghanistan. On était aux États-Unis d'Europe, dans le nord de l'Allemagne. Et ces sinistres cavaliers de l'Apocalypse ne se disputaient pas la possession d'un ballot de cuir ou même d'un simple mouton.

Leur jouet, à eux, c'était une enfant de onze ans !

CHAPITRE II

— *Amore !*

Ce matin, *Canale Grande* était nimbé de délicats reflets mordorés. Ceux du soleil levant. Il semblait que les miasmes accrochés à la brume de la veille n'aient été qu'un mauvais rêve et qu'un providentiel et délicat Zéphyr ait enfin lavé le ciel de Venise. Avant que les armées de *motoscafi*, de *vaporetti* et d'antiques gondoles aux formes du passé ne viennent creuser la laque moirée des canaux, l'air frais du matin sentait bon. Par les fenêtres ouvertes sur l'eau, l'azur encore indigo et les colonnades usées du *palazzo* Contarini situé juste en face, une brise légère, presque une caresse, vint faire frémir le bas d'un voilage de soie. On aurait dit le jupon d'une belle, qu'un souffle d'amant impatient vient soulever dans un accès de fièvre.

— *Amore ! Vieni qui !*

Tout là-bas, sur la gauche, au-delà du vieux *ponte dell'Accademia* aux antiques bois sans cesse reconsolidés, les coupoles enfin restaurées de *Basilica di*

23

Santa Maria della Salute découpaient leurs phti-
siques ventres blêmes sur le fond cuivré de l'espace.
Un espace qui, le plus souvent, se voyait souillé par
les brumes jaunâtres stagnant sur la lagune. Un
espace que le temps et l'humanité n'avaient point
encore trop violé et qu'on aurait pu, dans la petite
audace d'un songe régressif, imaginer occupé par
ces antiques princes s'adonnant à leurs fêtes. On
aurait pu rêver et se remémorer les écrits d'un Byron,
d'un Musset, ou encore évoquer cette phrase de
Wistler : « C'est après la pluie qu'il faut voir Venise ».

Mais la pluie d'aujourd'hui brûlait les campa-
niles et la brume, ce « songe évanescent » autrefois
déclamé, rongeait le rose des pierres comme un cancer latent. Parfois, aux crépuscules incertains des
hivers vénitiens, il semblait à d'aucuns percevoir aux
lointains les rugissements plaintifs d'un vieux lion
épuisé. L'emblème de Vénétie avait perdu ses ailes
et il était à craindre qu'une agonie liquide l'emporte
tout à fait, au feu diaphane d'une aube très prochaine.

— *Amore !*

Sol aimait Venise. Plus qu'une femme. Plus qu'une
amante aux ensorcelants murmures. Il aimait son
ventre d'eau trouble, sa peau minérale aux mousses
langoureuses, ses parfums d'entrailles enfiévrées,
son ciel toujours pareil et sans cesse renouvelé. Il
aimait Venise pour ce qu'elle était.

Un sublime vestige... celui de la beauté.

— *Amore ?*

Dans le regard de calme orage qui contemplait
Venise, une ombre de sourire alluma un instant des
lueurs d'incendie. Face au miracle permanent d'un
nouveau jour naissant, la haute et forte stature se
dressait, immobile, comme figée dans le marbre.

Un corps à demi nu et doré au vieil or. Un corps de fauve, blessé de cicatrices, sculpté pour la guerre.

Celui de Sol, le *Chasseur* au catogan.

— Non, dit-il enfin. Non. Toi, viens.

Il avait la voix profonde des gorges de l'Oberalp et le verbe doux comme le miel de Calabre. Un timbre souvent chaud, parfois glacé, dont ses ennemis disaient qu'il annonçait la mort.

— *Amore !* Ton cœur va prendre froid.

Mon cœur a chaud, sourit Sol. Il va bien.

La main de Barbara s'était posée sur le poitrail du Chasseur. Douce. Comme la voix un peu rauque, comme la peau et comme l'amour de Barbara. Un amour inavoué, un amour presque peureux qui s'ingéniait à paraître insouciant. Barbara la silencieuse, Barbara la romantique. Elle avait revêtu son corps alangui des lourdes étreintes d'un long déshabillé et, encore chaude des profondeurs du lit, elle posa sa joue contre l'épaule de Sol. Un instant, elle ferma ses grands yeux de velours jade, laissant la caresse de l'air fouiller les volutes mouvants de sa crinière fauve. Puis, dans un souffle, elle demanda :

— Raconte-moi Venise.

Elle parlait de *l'autre* Venise. Celle qui avait existé autrefois, avant qu'elle ne devienne ce pathétique et somptueux navire échoué dans la lagune, ce vaisseau qui coulait, qui s'enlisait chaque jour un peu plus. Il lui avait tout avoué de cette folie constante qui le faisait se battre pour pallier ce naufrage et qui ne faisait que ralentir l'inéluctable processus. Il lui avait tout dit de ce sacerdoce qui l'avait transformé en cet ambassadeur fou et qui, d'un bout du monde à l'autre, le faisait supplier tous les grands décideurs ainsi que les mécènes. Pour essayer encore de maintenir un peu *sa* Venise hors de l'eau. Il n'avait tu qu'un secret, celui de la source de ces fortunes qu'il reversait à la *Fondation Istrie,* l'organisme mondial chargé de sauver, peut-être, la belle Cité des doges.

Sol sourit, secoua la tête. Le catogan dénoué frémit autour du bronze doré de ses cheveux et il gronda doucement :

— Je te l'ai racontée mille fois.

Il lui avait tout dit ou presque de la Venise triomphante d'antan. Tout dit aussi de la Venise malade d'aujourd'hui. Il avait évoqué le lent enlisement, la barbarie moderne des usines de la zone industrielle de Marghera, les nuisances des pluies et des brumes acides, la souillure des eaux de ce naufrage programmé. Il avait dépeint la lente agonie des palais rongés de chancres, le sacrilège permanent des hordes touristiques barbares. Et il avait maudit mille fois ces échecs résignés de la science d'aujourd'hui, vaniteuse et inutile, incapable de sauver sa belle agonisante. Il avait tout dit, mais Barbara ne se lassait pas d'apprendre *toutes* ces Venise-là. Elles étaient si généreuses, mais si pudiques et si réticentes aussi, qu'il aurait fallu des siècles pour en violer tous les secrets.

Bien sûr, il y avait les films et tous ces documents qu'ils visionnaient parfois sur l'écran informel du grand *planavisor* holographique. Des clichés mouvants dans lesquels ils « entraient » tous deux pour un voyage de plus dans les insondables profondeurs de l'image volumétrique, mais elle aimait qu'il raconte. Pour entendre sa voix, pour se mortifier aussi un peu de cet amour qu'il portait à *l'Autre*. À Venise, à *sa* cité.

Sa première passion.

Parfois, pour oublier, au retour d'une « chasse » et le temps d'une étape dans la Cité des doges, pour ne plus penser à la lente noyade des pierres chargées d'histoire, il glissait d'autres rêves holographiques dans le ventre docile du grand *planavisor.* Un autre vestige de l'art et du passé en surgissait alors. En noir et blanc. Un vestige aux noms multiples.

Septième District, Hommes sans loi, L'Or de la Sierra Madre ou *Le Faucon maltais.*

Toujours le même héros. Il s'appelait Bogart. Humphrey Bogart. Drôle de prénom. Un célèbre acteur du siècle passé. Un homme pas très beau, pas très rieur non plus, mais qui, à l'instar de Sol et sans lui ressembler, dégageait ces magnétismes qui laissent un goût étrange tout au tréfonds de l'âme.

— Elle est belle !

La voix de Barbara. Avec cet accent mozartien qui faisait ressembler ses phrases à des récitatifs ou des duos d'opéra. Elle regardait Venise et souriait à sa beauté. C'était la première fois que Sol entendait une femme vanter la grâce d'une rivale. Il hocha la tête, la serra contre lui et, tout bas, lui dit :

— Nous la sauverons.

Il s'était exprimé dans la langue de Goethe. Elle l'en remercia d'un sourire, déposa un chaste baiser au creux de sa large main et, légère comme un elfe auréolé de voiles, elle disparut derrière des tentures.

Sol resta un long moment à contempler la mosaïque de son rêve aux couleurs terre de Sienne et d'ambre, et laissa glisser son regard de nuit sombre le long des façades ulcéreuses des palais, sur le rose délavé de la *casa Querini* qui, hier, au vingtième siècle, avait abrité le consulat de Grande-Bretagne. Puis son regard revint devant lui pour se reposer enfin sur les colonnes diaphanes de la *casa Contarini dagli Scrigni,* construite par Scamozzi en 1609. C'était pour elle, pour sa « Porte d'eau » lentement noyée et pour des centaines, des milliers d'autres édifices porteurs d'histoire et de beauté qu'il se battait. Et, comme ce matin, c'était en les voyant ainsi, délabrés, magnifiques de rides et fièrement mourants qu'il trouvait le courage de continuer encore.

Pour que les hommes calamiteux ouvrent enfin leurs yeux.

Mais, le tirant de ses songes, un bip sonore se mit à grelotter sous les velours brochés du large baldaquin. La vie et son époque le rappelaient. S'arrachant à sa contemplation, il téléactiva les circuits d'un visiophone dont l'écran demeura aveugle, seulement parcouru de parasites multicolores. Son interlocuteur ne souhaitait pas se montrer. Une ombre de sourire éclaira une seconde la face aux angles prononcés de Sol, et au-dessus du grand nez aquilin de pirate viking, les prunelles de graphite luisirent d'un bref éclat sauvage.

— Sol ?

Une voix de femme. Bien connue. Posée, légèrement voilée, parfois teintée d'accent, tour à tour français et espagnol. La voix de *Dante.* Ou plutôt celle qui parlait en son nom. Sa « traitante ». La voix de l'ombre, du mystère, de la clandestinité.

— Oui, répondit Sol.

Par cette voix-là, son âme d'esthète le quittait et tout en lui changeait. Il endossait une autre peau, une carapace faite de sombre, de cuir et d'acier. Celle du Chasseur.

— Nous avons besoin de vous, fit encore la voix.

Dans les yeux de Sol, l'éclat sauvage revint.

— Où et quand ?

— Point de contact numéro un, chambre huit cent douze, demain soir, vingt-deux heures.

CHAPITRE III

Le jumbo ATS, vol supersonique 114 d'Europair, s'était posé sur la piste n° 6 de Lyon-Satolas à 21 heures 15 très exactement. Ce qui, compte tenu de l'éternel engorgement des couloirs aériens européens, participait du miracle. La dernière fois que Sol avait atterri à Lyon, son *Lancer* de la Jetalia avait dû tourner plus de quarante minutes avant de pouvoir toucher le sol. Par le hublot, il aurait alors largement eu le temps de contempler le panorama de la ville et de ses deux fleuves. Malheureusement, ce jour-là, comme la plupart du temps, le smog industriel jaune crasseux couvrait toute la région. C'est à peine s'il avait pu deviner la zone tentaculaire des cités satellites et l'énorme complexe agrochimique de Saint-Fons. Seules les flèches démesurées des grandes mosquées de Satolas 4 et de Grand-Rhône 1, ainsi que les torchères des raffineries de Feyzin 3 avaient été visibles, incendiant le ciel chargé de leurs halos rougeâtres. En matière d'énergie domestique, les hydrocarbures étaient toujours rois. Sombres questions de politique. Pour les mêmes raisons, les voitures électriques étaient trop chères, donc trop rares. Avec Milan, Mannheim, Lancaster et quelques autres, Lyon était une de ces mégapoles industrielles qu'il fallait régulièrement « dégazer ». Mais elle était aussi la ville où Interpol avait établi son siège à la fin du siècle passé, et la présence de Dante ici n'y était peut-être pas étrangère. Car si elle n'appartenait pas forcément à la centrale européenne de police, elle y puisait presque sûrement certaines informations.

Des informations destinées aux Chasseurs.

Des Chasseurs dont même Sol ignorait le nombre, mais dont il savait que tous ou presque mouraient en « service commandé ». Des « chasseurs de primes » qui étaient les cibles de toutes les pègres, mais également du puissant *Syndicat des libertés.* Un organisme tentaculaire et déstabilisateur qui, sous couvert d'humanisme, érigeait le laxisme au rang des hautes vertus. À cause du SL, les polices européennes ne pouvaient plus ni garder à vue, ni même interroger un suspect sans son accord, y compris dans les flagrants délits. La procédure utilisée était celle des ELC, les « entretiens librement consentis », dûment enregistrés par *lawyercam,* ce laserscope dont le SL avait réussi à faire imposer le port à tout policier en exercice. Parfaitement légaux et infalsifiables, ces aveux spontanés par micropuce interposée constituaient en fait les seuls documents à charge relativement fiables de tout dossier pénal. À défaut, le non-lieu était quasiment assuré. C'était presque toujours le cas.

Les demandes d'ELC ne se bousculaient évidemment pas.

Résultat : au nom des libertés, on avait laissé la drogue, la prostitution, le crime et les intégrismes

30

métastaser l'Europe. Une communauté devenue multiraciale, multiconfessionnelle et multilingue, maintenant transformée en un impressionnant damier de mégapoles plus ou moins contrôlables. Un univers explosif, où le chômage et la misère côtoyaient les excès impudiques de quelques bataillons de « barons » de l'industrie et des finances. Une Europe gangrenée par les mafias, où les polices urbaines étaient débordées, et où d'ailleurs, les flics trop mal payés, corrompus ou drogués eux-mêmes, avaient généré une autre forme de pègre, la leur.

Alors, pour tenter de juguler le désastre, pour essayer de redonner à cette humanité défaillante les notions de dignité et de devoir, certaines autorités avaient dû recourir aux services très secrets des Chasseurs. Incorruptibles, froids, implacables.

Sol était l'un d'eux.

Peut-être l'unique survivant actuel.

Auparavant, il avait été le plus jeune et le plus brillant élément du célèbre corps d'élite du GSG 101, successeur du GSG 9 allemand de la fin du XXᵉ siècle. Jusqu'au jour maudit du drame. À Cologne, un tueur enragé, une petite fille en otage, un siège policier sans issue, l'intervention du GSG 101 et l'action d'éclat du matricule 333, Sol. À l'époque, un autre nom. Oublié depuis. Au péril de sa vie et à découvert, 333 avait réussi à sauver la fillette en faisant sauter le crâne de l'ordure. Mais un complice invisible avait lâché une rafale et 333 était tombé.

Trois balles... dont une en plein cœur.

Des *explosive-carbo-piercing*. Les pires. Minuscules, mais dévastatrices. Seuls projectiles légers capables de transpercer le revêtement en titiokevlar du gilet pare-balles en dotation au GSG 101. Un gilet qui avait quand même ralenti les ogives meurtrières.

31

Les deux premières avaient explosé à l'impact, hachant à la fois le titiokevlar et les chairs de 333, mais la dernière était passée, se logeant sournoisement dans la paroi de son cœur. Sans la traverser.

Sans exploser non plus !

On avait cru 333 tué, mais sa « mort » n'était qu'un coma profond. Très long. Avec le spectre du néant en filigrane, mais surtout, surtout cette étrange lumière. *La* Lumière ! Cet appel d'*ailleurs,* quasi onirique. Cette tentation inconsciente de basculer dans le sublime. Juste le temps d'une parcelle d'éternité. Puis la science. Le génie des mécaniciens de la vie, la biochirutechnologie, l'extraction des petits morceaux de mort.

Mais pas de la troisième balle.

Trop dangereux. Elle aurait explosé au nez des chirurgiens, transformant Sol en steak haché. Seule solution, l'ablation du cœur devenu bombe à retardement, puis le transplant d'un substitut, une pompe électronique en plasmotéflon. 333 avait refusé. Il voulait rester un homme entièrement « humain ». Ou mourir. Le cœur n'était pas un organe ordinaire. Dedans, il y avait l'émotion, la foi, l'amour aussi. Et il s'en était sorti. Avec cette épée de Damoclès plantée en lui. Dans son cœur qui, depuis, pouvait exploser à tout moment.

À chacun de ses battements.

333 s'en moquait. Il souhaitait oublier. Le puissant SL, lui, ne le voulait pas. Selon la thèse de ce dernier, le tueur abattu par 333 n'était qu'un « pauvre malade sous l'empire des stupéfiants, donc irresponsable de ses actes ». En revanche, le matricule 333 avait tiré sans en avoir reçu l'ordre formel de ses supérieurs. Ce qui était exact. Mais l'ordre ne venait pas et la petite allait mourir. Alors, le matricule 333 n'avait

plus écouté que son cœur. Ce fameux cœur où siégeait l'amour. Il avait tiré. Il avait choisi *la* justice, sauvé l'innocence.

Le SL ne lui avait pas pardonné cet acte responsable. Il y avait eu procès. Chef d'accusation retenu : *« légitime défense objectivement abusive »*.

Procès et condamnation !

Cinq ans ferme !

333 les avait purgés entièrement. Le SL y avait veillé. À sa sortie de pénitencier, celui qui ne s'appelait pas encore Sol refusait toujours la haine. Il voulait retrouver l'harmonie, retourner à sa mission, protéger les innocents.

Alors, Dante et lui s'étaient connus, « reconnus ».

Dante, une entité. Juste une voix de femme. L'institution de l'ombre. Secrète. L'ultime recours du bien contre le mal. Personne n'aurait pu dire à présent qui avait fait le premier pas. C'était fait. Le choix de part et d'autre. Ensuite, il y avait eu le « criblage », les épreuves, l'entraînement fou, la souffrance physique et morale, la hantise de l'échec. Le cauchemar éveillé. Puis la formation supérieure du Chasseur. La connaissance parfaite des langues, le développement des sens majeurs, l'approche philosophique et physique du *Seïteï*, de son étude de l'énergie vitale et de la typologie. Un art et une science légués à l'humanité par le maître Haruchika Noguchi, très éminent chercheur japonais du siècle dernier.

L'apprentissage du corps et de l'esprit, celui de la vie et de la mort, et, enfin, le succès. Et le serment.

Maintenant, Sol s'appelait Sol.

Soleil, en espagnol. À cause de ses cheveux d'or. Juste un nom de code. Redouté et haï par les uns, vénéré par d'autres. Un nom choisi par Dante et qu'il ne quitterait plus. Jusqu'à la mort. Violente. Une mort qui rôdait. Qui pouvait frapper à tout instant. Surtout les Chasseurs « noirs ».

Noir comme le sinistre *Magnetic Ring*.

Ce bracelet codé dont le port remplaçait les fins de peines de prison. Un bracelet en principe inviolable, magnétiquement gradué selon une échelle de trois couleurs. Jaune pour les petites peines, rouge pour les criminels de sang « ordinaires », noir pour les « cas ». Les endurcis, les tueurs auxquels la société avait quand même donné une dernière chance de réinsertion. Grâce au Ring et à son suivi-radar, on pouvait assigner le condamné à résidence et le « filer » en cas de déplacement ou d'« évasion ». Mais quand le *Ring* était détruit, ou plus subtilement décodé, les services de réinsertion perdaient la trace du prisonnier. Alors, les Chasseurs entraient en scène.

Sol était de ceux-là. Le meilleur.

Chargé des *Black Ring*. Les dangereux, les tueurs.

Au sein de toutes les pègres, le Chasseur au catogan noir était une hantise. Cet ange exterminateur à la voix profonde et au casque de cheveux blonds faisait peur. Un symbole, une silhouette quasi mythique de cuir et d'acier jaillissant de l'ombre pour offrir l'ultime choix.

Le *Last Ring* ou la mort.

Le *Last Ring,* le dernier « bracelet ». En fait, une balise, radioactive et liquide, injectée dans la moelle épinière. À jamais inviolable, inextirpable. Le contrôle absolu, à perpétuité.

Bien sûr, la plupart des intéressés refusaient. Dans ce cas, c'était la guerre. Le duel à mort entre le fauve et le Chasseur, le pied de nez au SL. Le SL qui traquait Sol sans relâche, qui finirait peut-être un jour par gagner. Dans ce cas, Dante la « clandestine » ne pourrait rien pour lui. Sol le savait. Il l'avait accepté une fois pour toutes. C'était leur loi, celle de la plus sauvage des chasses.

La chasse à l'homme.

— On arrive, jeta soudain le chauffeur du taxi.

La vieille *Mégane 2010 IS* Renault venait effectivement de quitter le flot compact de la circulation à quatre voies pour dégager vers la bretelle d'accès à l'agora de Saône. Le chauffeur dépassa un poids lourd en maugréant :

— Le mardi, c'est les plaques bleues et les livraisons.

En France comme dans tous les États d'Europe, les plaques d'immatriculation des véhicules portaient différentes couleurs. Les bleues étaient les plus nombreuses et les moins chères. Elles permettaient de circuler les mardi et jeudi. Toute la journée, mais dans la cohue et dans le stress. Les rouges désignaient les véhicules civils prioritaires tels que voitures de médecins ou autres spécialistes de l'urgence ; les jaunes circulaient le lundi et les vertes un week-end sur deux selon le numéro. Bien sûr, certains pouvaient s'offrir deux plaques, voire une voiture électrique en deuxième véhicule, mais les taxes de circulation des premières et le prix de la seconde étaient si élevés que le commun du peuple n'y avait pas accès. Quant aux mercredi et vendredi, seuls les véhicules prioritaires pouvaient rouler ces jours-là. Un droit étendu aux périodes de « dégazage » qui, elles, pouvaient avoir lieu à tout moment.

Mais on était mardi, la circulation était démente et il tombait un mauvais crachin gras.

— On va sûrement dégazer demain, remarqua le chauffeur.

À sa descente d'avion, Sol avait effectivement remarqué la forte acidité de l'air et de la pluie. Ici comme partout en Europe, on palliait régulièrement le problème en interdisant la circulation « standard » et en modulant les activités industrielles.

— Saloperie de temps ! grogna le chauffeur.

Comme les camionneurs, il exerçait un des métiers à risque extrême et était astreint aux bilans-santé mensuels.

Ils avaient quitté la bretelle de dégagement. Le taxi dépassa l'agora de Saône et son Dôme de cristal de la Connaissance. Il s'arrêta enfin quai de Saône, devant les monumentales portes en verre gravé de l'*Eurotel Grand-Rhône*.

Point de contact n° 1.

N'ayant pas d'écus sur lui, Sol régla l'interminable course en dollars. Heureux, le chauffeur lui fit un grand sourire. Le dollar était toujours la monnaie reine.

Il était 22 heures 10.

Sol sauta à terre, dut éviter une meute de mendiants qui campaient tout autour de l'hôtel, avant de traverser l'immense hall de béton tramé d'un blanc éblouissant. Au centre, un grand bassin octogonal lançait ses jets d'eau scintillants vers la coupole en quadriplex « nid d'abeilles », au rythme-leitmotiv d'une lente symphonie synthétique. Autour, entre chacune des huit arches monumentales qui s'ouvraient sur les galeries marchandes, les ascenseurs panoramiques montaient et descendaient à des allures record. Ici, tout était luxe et calme. Une nuit à l'*Eurotel Grand-Rhône* coûtait de quoi nourrir les mendiants du dehors pendant deux mois. À condition qu'ils refusent de verser les trois quarts de leur « manche » à leurs employeurs. Car, en France comme ailleurs, la mendicité était devenue un *job* organisé. Un vrai métier, encadré, contrôlé par la mafia locale. Des clans parfaitement structurés, qui se partageaient les produits de la drogue, autorisée ou non, ainsi que ceux de la prostitution, des jeux clandestins, de la mendicité et des œuvres de charité. Il y avait même un syndicat spécialisé dans l'exploitation « commerciale » des enfants infirmes ou des jeunes cas sociaux. Certaines mauvaises langues insinuaient que, dans certains ghettos, on n'hésitait pas à mutiler un peu les très jeunes mendiants ! Comme cela se pratiquait encore dans le tiers-monde !

Mais on devait exagérer.

Sol pénétra dans le premier ascenseur et lança le chiffre huit. Il avait parlé en français, mais les microprocesseurs des cabines obéissaient dans toutes les langues. La bulle de *flexoglass* démarra, « creva » la voûte « nid d'abeilles » et s'élança vers le ciel gris-jaune dans un chuintement feutré. Sol n'eut qu'à peine le temps de contempler le tapis de lumières qui s'étendait tout en bas. Déjà, la cabine s'arrêtait au huitième. Il déboucha dans un large couloir circulaire moquetté de bleu sourd, trouva la porte marquée 812.

Il toqua discrètement au battant dépourvu de serrure. Seule une carte infra-magnétique codée pouvait l'ouvrir de l'extérieur. Il y eut un léger déclic, il pesa sur le panneau, pénétra dans un sas d'entrée faiblement éclairé, referma derrière lui. Alors seulement, une seconde porte s'ouvrit. Sur le noir complet.

— Bonsoir, numéro treize.

Un numéro choisi par Sol. Un défi.

Et la voix de Dante. Douce, lénifiante. Ainsi qu'à chaque rendez-vous, les stores étaient baissés et,

37

comme d'habitude, leur entretien se déroulerait dans une complète obscurité. Aucun Chasseur n'avait jamais vu son « traitant ». Le cloisonnement, la sécurité.

— Avez-vous fait bon voyage ?

Le parfum de Dante emplissait discrètement la pièce. Capiteux, légèrement musqué, parfaitement accordé à sa voix.

— Excellent, merci.

Sol était venu souvent. Ici, toutes les chambres étaient identiques. Sans hésiter, il trouva un fauteuil, s'assit, accepta le verre que Dante lui mit en main. J. High Label. Comme d'habitude. Il eut une ombre de sourire. Lui ne voyait rien, mais il se savait observé par Dante. Par lunettes à luminosité résiduelle interposées.

— Comment va votre cœur, Sol ?

— Bien, merci, sourit le Chasseur.

— Comment va Venise ?

Dante aimait Venise. Elle l'avait dit à Sol.

— Elle est belle, répondit-il de sa voix grave et douce. Belle et désespérée.

— Oui, dit seulement Dante. Comme le monde.

Il y eut un autre silence. Sol but une gorgée, questionna :

— Où dois-je aller cette fois ?

Il perçut un froissement soyeux. Comme en produisaient ces bas très fins et très coûteux des grands couturiers, romains ou parisiens. Il sembla à Sol que le parfum de Dante s'exacerbait d'autant. Il ne l'avait jamais vue et jamais ne la connaîtrait, mais il savait qu'elle était belle, car son espace était beau. Il y eut encore un léger bruit de soie et Dante renseigna :

— Hambourg. Vous y partez demain. Votre mallette vous y attend déjà. Chez un correspondant.

La mallette. Le « matériel » de Sol. Impossible à transporter par avion, à cause des contrôles, acheminé sur place par de mystérieux canaux. Le « matériel » des missions mortelles. Une de ces chasses à l'homme dont on n'était jamais certain de sortir vainqueur. Dante reprit :

— On vient de retrouver la trace d'un certain Abel Ström. Un *Black Ring,* évadé depuis deux ans. Hyperdangereux.

Dante parla de Ström, de ses condamnations, de la tuerie et du rapt du Nordland 3 de Hambourg, définit la mission de son n° 13, lui remit des photos qu'il verrait plus tard. Sol écouta, mémorisa des adresses. Celles des « honorables correspondants ». Souvent des indics. Toujours la lie et la crasse, presque aussi dangereux que le gibier désigné. Mais ni Sol ni Dante n'avaient le choix. Leurs terrains de chasse étaient marécageux et instables. Souvent sales et glauques, toujours sordides.

Il y eut un silence, Sol termina son J.H.L.

— Elle s'appelle Vilna, Vilna Papen, dit encore Dante de sa voix douce. Retrouvez-la, sauvez-la si c'est encore possible. Mais attention au SL. En ce moment, ses Brigades allemandes sont très virulentes. Si vous êtes pris...

— Je sais.

S'il était pris par le SL, Dante ne pourrait rien pour lui. La voix belle et sensuelle observa un autre silence, avant de préciser.

— Retrouvez Vilna, coincez Abel Ström et punissez-le.

Un dernier temps mort, puis :

— Punissez-les tous.

La voix de Dante n'avait même pas frémi.

Toujours aussi douce.

CHAPITRE IV

Sol n'était pas venu à Hambourg depuis deux ans. Depuis qu'il avait dû achever une chasse commencée par Mercure, son prédécesseur. Un Chasseur assassiné dont on avait retrouvé le corps dans l'Elbe. Il avait oublié à quel point le climat de Hambourg était sinistre. Malgré les vastes espaces verts conservés au prix d'immenses sacrifices, malgré la proximité relative de la Baltique et de ses vents décrassants. Ici, la pluie était plus grasse qu'ailleurs, plus lourde et plus acide aussi. Cela se sentait dès la descente d'avion, et les longs bâtiments clairs et futuristes des aérogares ne changeaient rien au problème. Le ciel était gris-jaunâtre et les lourds nuages sombres évoquaient la fumée d'un gigantesque incendie d'usine. Avec ça, l'hiver semblait en avance et un vent glacé soufflait du nord-est, charriant parfois des choses froides, légères et grises qui ressemblaient à des flocons sales.

L'automne dernier, une tempête de neige aussi soudaine que prématurée et très localisée avait bloqué les cinq *autobahnen* aux entrées du Grand Hambourg, malgré les circuits intégrés chauffants enterrés sous les chaussées. Une neige si grasse et si chargée de *jaune* qu'on avait dû recourir aux laveuses du plan Schwarz-Ol. De gigantesques machines, dotées de balais et d'arroseuses, qui ressemblaient à de monstrueux insectes d'acier.

Mais l'année d'avant, la sécheresse avait été telle de novembre à mars qu'on avait dû ouvrir les vannes allemandes d'un des nombreux réseaux *Welt-Wasser* qui traversaient l'État. Des pipe-lines qui, des puissantes sources off-shore captées au large des côtes norvégiennes, couraient jusqu'aux immenses réservoirs récemment creusés en Afrique sahélienne.

En cette première moitié du XXIe siècle, et alors que les affrontements armés nés du vieil éclatement de l'ex-bloc de l'Est n'en finissaient pas de renaître partout, on vivait des temps étranges. Des temps saturés de guerres et de chaos divers, où l'on sentait que tout pouvait arriver, en bien ou en mal, tant sur le plan humain que dans le domaine scientifique. Des pays entiers croulaient sous le poids de leur infernale misère et de leur démographie exponentielle, tandis que d'autres s'évertuaient à réaliser des bénéfices dont ils reversaient aussitôt des parts exorbitantes au Fonds international d'entraide humanitaire. Ceci dans le but d'éviter que des milliards d'affamés ne déferlent chez eux. Situation kafkaïenne que les nombreux conflits savamment entretenus dans les pays pauvres aggravaient encore chaque jour davantage. Pourtant, des lueurs d'espoir apparaissaient parfois. Telles ces formidables captations de sources au nord de l'Europe pour arroser le Sud désertique.

Grâce à ces réalisations-là, on pouvait encore espérer.

C'était le cas de Sol. Un espoir, peut-être injustifié, qui chez lui concernait également cette humanité atteinte de criminalité endémique. Une espérance qui le faisait se battre. Sans trêve et sans merci. À sa manière.

Il remonta le col-tube de son blousar en synthé-cuir gris acier, passa devant la « bulle » du *modul computer* d'où l'hôtesse commandait les robots de service en cabine et quitta l'ATS de la KLM par le tapis roulant de la coursive avant. Dans l'immense hall d'arrivée du satellite 17 de Fuhlsbüttel 4, les bagages de son vol défilaient déjà sous les arceaux infra-magnétiques des unités de dépistage. Devant chacune d'elles, un *kontroller* armé surveillait les images de synthèse en trois dimensions de ses écrans. Prêt à tout.

En effet, depuis quelques semaines, un nouveau réseau terroriste sévissait en Europe. À Londres-Heathrow 5, un commando-suicide somalien avait massacré 63 personnes en faisant exploser un *star-fire,* une de ces terribles bombes « molles » compo-sées d'explosif liquide et d'étoiles d'acier. Une vraie boucherie. De la viande et du sang partout, si bien qu'on n'avait pu séparer les restes des kamikazes de ceux de leurs victimes.

Depuis, tous les aéroports européens étaient en alerte orange. Sans autres résultats que de minables saisies de stupéfiants illicites. De toute façon, le génie criminel devançait systématiquement les méthodes de dépistage.

Ayant enfin récupéré ses bagages, Sol fila au comptoir d'ECA, sacrifia aux formalités d'enregistre-ment de sa propre voix, avant de prendre possession de l'Opel Voxa commandée de Lyon. Le temps de descendre au parking de la compagnie, ses coordonnées vocales avaient été transmises à l'ordinateur central et il n'eut qu'à énumérer son matricule d'abonné pour que le verrouillage central de la voiture soit instantanément neutralisé. Un superbe petit monstre gris foncé de 2500 cm cubes, aux sièges volumodulables recouverts de vrai cuir. Un luxe qui avait quasiment disparu, suite aux campagnes répétées des divers mouvements de défense des animaux.

Il s'installa, attendit que les microprocesseurs du siège prennent son « empreinte » et règlent ce dernier à sa morphologie et à son poids, avant de lancer :

— Contact.

Le monstre frémit doucement, les cadrans s'éclairèrent, le volant vint automatiquement à bonne portée et il donna l'ordre de départ en enclenchant la commande PA, le pilote automatique. Dès lors, il pouvait se laisser guider par les « sondes » et autres capteurs d'environnement, n'ayant plus, le cas échéant, qu'à corriger légèrement les trajectoires à l'aide du volant.

Malgré le programme d'harmonisation de la circulation, l'*autobahn* n° 1 était surchargée et il mit plus de cinquante minutes pour parcourir les douze kilomètres qui séparaient l'aéroport de la *Corne d'Or,* la banlieue « turque », le plus insalubre des ghettos qui s'étalaient autour du Grand Hambourg. Il prit la bretelle Est n° 5 et roula encore une vingtaine de minutes avant de garer la Voxa sur le *parkplatz* de la Mosquée noire. Une assez laide, mais très imposante architecture en marbre noir, surmontées de coupoles en acier brillant et flanquée de deux minarets en fers de lance qui semblaient transpercer les ventres gris-jaunes des nuages. Les jours de beau temps, leurs flèches se reflétaient dans l'eau grasse de l'Elbe toute proche. Ce qui n'était pas le cas en cette sinistre fin d'après-midi.

La pluie avait cessé et une épaisse couche de *jaune* stagnait au-dessus de la ville. Un *jaune* qui piquait la gorge et irritait les yeux. Il allait encore falloir dégazer.

Sol abandonna la Voxa à la garde d'un des nombreux vigiles-mendiants qui sillonnaient l'immense agora. Contre quelques écus, il pouvait être sûr de la retrouver intacte. La dernière fois qu'il était venu à Hambourg, il avait entendu dire qu'un jeune roulottier surpris à piller avait été proprement égorgé. Il ne fallait pas casser le métier. Les voitures, on pouvait les cambrioler, mais hors parking. Voire avec la complicité de ces mêmes vigiles. C'était ça, le commerce.

Sol laissa le *parkplatz* derrière lui, grimpa les marches du parvis de la Mosquée noire puis, contournant celle-ci par le sud-est et délaissant la grande *Kemalchaussee* sur sa gauche, il s'enfonça dans le dédale tortueux de la ville basse. Un glacis grisâtre de concentration urbaine qui avait l'air d'être là depuis des siècles. En réalité, né quelque trente ans plus tôt à la suite d'un important et soudain flot migratoire, l'immense ghetto musulman s'était peu à peu étalé, couvrant sournoisement de vastes étendues jusqu'alors jugées insalubres.

L'année dernière, les autorités de l'État avaient proposé de le raser. Avec indemnités d'éviction, programme de relogement et d'intégration. Cela avait provoqué trois semaines d'émeutes et 630 morts. Pas plus que ceux de *China* ou d'*Africa,* les habitants de la *Corne d'Or* ne voulaient entendre parler d'intégration. L'Europe, c'était chez eux aussi.

Ici, on haïssait les « infidèles ». C'était Istanbul, Le Caire, Téhéran et Khartoum à la fois. En plus triste et plus dangereux encore. Avec milice locale, loi islamique, interdits mortels...

Sol se perdit, tomba dans les ruelles un peu trop odorantes du marché au poisson, demanda son chemin à un groupe de gamins et dut littéralement arracher une dizaine de mains fouisseuses de ses poches avant d'obtenir un embryon de renseignement.

Trente minutes plus tard, il trouvait enfin la boutique de son contact et se rendit compte qu'il était passé deux fois à proximité.

Une simple échoppe à la peinture bleue écaillée, où l'on semblait vendre un peu de tout, y compris les produits de divers recels et... des serpents. De toutes sortes, mais tous plus ou moins galeux et lymphatiques, enchevêtrés dans des vivariums sinistres et puants.

Derrière les vitres d'une cage posée sur le comptoir, une colonie de mygales rousses cuisait doucement sous les rayons d'une mini-résistance électrique.

Univers hautement bucolique.

À l'entrée de Sol, un carillon datant d'un autre siècle résonna dans des profondeurs inconnues et une espèce de chose toute ratatinée écarta soudain un rideau laqué de crasse.

— *Guten tag, meinherr !*

La voix du fossile ressemblait à un coup de scie à métaux et, sous les sourcils broussailleux et le chèche couleur de vieille rouille, de minuscules yeux noirs luisaient dans l'éclairage de morgue des tubes fluo crasseux.

— *Herr* Sorgü ? demanda Sol.

— Pour vous servir ! s'inclina obséquieusement le Turc.

46

Une lueur méfiante avait fulguré sous ses paupières plissées. Peu de chrétiens devaient le connaître sous son nom.

— Je viens chercher la boîte de Pandore.

C'était la formule indiquée par Dante. Étant donné le contenu de ladite « boîte », cela ne manquait pas d'humour noir.

Le rictus édenté du vieux se figea aussitôt. On ne parlait plus commerce, mais « boutique ». Sol ignorait quels étranges et troubles liens unissaient le receleur-indic à Dante, mais il sut immédiatement une chose essentielle : Sorgu était à peu près aussi sûr et fréquentable que ses cobras lépreux.

— *Ja, ja !* je vais la chercher, *meinherr. Ein moment, bitte.*

En fait de moment, le vieux disparut bien trois à quatre minutes avant de réapparaître, essoufflé, brandissant une longue mallette noire à serrures magnétiques chiffrées.

— Je l'avais bien cachée ! s'exclama-t-il en posant le bagage sur le comptoir. Vous pouvez vérifier que tout y est, *meinherr.*

Sans répondre, Sol laissa peser sur lui l'encre de son regard. Message suffisamment explicite. Déçu de ne pas savoir, le receleur lui envoya un nouveau rictus, plus abject encore.

— Si vous avez besoin de quoi que ce soit...

Il n'acheva pas. Sol avait déjà regagné la porte et le carillon résonna dans les profondeurs invisibles de l'arrière-boutique. Avant de sortir, le Chasseur lâcha :

— On ne s'est jamais vus.

La mallette à la main, il émergea dans la ruelle au bitume défoncé, juste pour être trempé par une nouvelle averse. Il faillit renverser un vélomotoriste en ciré noir qui débouchait d'une cour, une sorte d'échalas très maigre qu'on aurait pu confondre avec les structures de sa machine. L'insolite équipage disparut et Sol plongea sous les bâches percées qui servaient de vélums aux échoppes. Serrant la mallette contre lui, il se mit à fendre la foule dense et lente. Partout, des faces dures, des yeux où se lisaient tous les sentiments humains, y compris la haine, bien sûr. Dans ces ghettos, les « infidèles » n'étaient tolérés qu'à cause des milices, malgré tout chargées d'appliquer la loi. Du moins au grand jour. Parce que la nuit...

Certaines mauvaises langues murmuraient que la milice locale, le *Bin,* aidait à faire disparaître les cadavres.

Quand Sol arriva sur le *parkplatz,* il était trempé comme une soupe et le catogan noir dégoulinait dans sa nuque. Le vigile-mendiant se précipita, un parapluie tout déglingué à la main. Un peu tard, mais Sol le gratifia d'une poignée de pièces, avant de s'engouffrer dans la Voxa. Heureusement, son blousar en synthécuir était imperméable. D'un revers de main, il essuya la pluie de son visage, eut une pensée émue pour *sa* Venise, à la fois si proche et si lointaine, et démarra.

Quarante minutes plus tard, il abordait la zone résidentielle du Grand Hambourg et abandonnait la Voxa aux soins d'un chasseur du *Kaiser Alster Hotel.* Un géant chamarré comme un général d'armée du Kaiser. Suivi d'un groom deux fois moins lourd que sa valise, Sol fila au desk, immense navire de marbre blanc et gris, derrière lequel officiait une division d'hôtesses sublimes et hiératiques. Trois minutes après, il prenait possession de la chambre qu'il avait retenue de Lyon.

Trente mètres carrés, moquettée de blanc, équipée du confort dernier cri. Au 18ᵉ et dernier étage. Une des plus chères de la ville. D'ailleurs, au *KAH*, même les chambres souterraines du sixième niveau étaient chères. Question de standing.

Par les baies panoramiques, la vue sur Hambourg était magnifique. Des millions de lumières s'étaient allumées et la ville ressemblait à une portion de cosmos. Au-delà du grand lac Aussen-Alster situé juste à ses pieds et malgré la couche de *jaune* qui s'épaississait, Sol pouvait apercevoir les masses lumineuses des nouveaux HLM monumentaux d'Altona. Un peu avant, le sordide et légendaire quartier Sankt Pauli, qui avait tant attiré les marginaux du xxᵉ siècle, s'était vu implacablement rasé pour laisser place à des résidences de standing. Maintenant, à Hambourg, pour l'exotisme, il fallait s'enfoncer dans *China, Arabia,* la *Corne d'Or* et dans quelques autres délices comme les *schwarzlanden* de la périphérie ou les bouges *newlook* des anciens entrepôts de Dradenau. Là, entre quelques coups de couteaux et une douzaine de viols à l'heure des trois sexes, on pouvait sentir passer le frisson de l'Aventure.

Dradenau *by night.*

C'était précisément là qu'allait se rendre Sol. Pour son second rendez-vous, sa deuxième plongée dans le sordide. Pour faire connaissance avec un autre nom de sa liste.

Hosni Thaled, gérant du *Red Bismarck.*

Sol déposa la mallette sur le grand lit bas et l'ouvrit. Puis il ôta une couche de mousse expansée alvéolée, découvrant un véritable petit arsenal.

Sa panoplie de Chasseur.

Un couteau Bull Survival de lancer dans sa gaine, un PM Short Armalite AX 20 de calibre 5,56 mm, équipé de sa lunette Black-Out pour le tir de nuit, un imposant Automat-Sig-Sauer 44 P2000 à balles de 44 auto-écrasantes, au terrible pouvoir d'arrêt, et un Storm-Spas-Compact PA 33, mini-shotgun modèle 2011, à crosse de poing et canon lisse court. Munitions : cartouches de 12 bourrées de billes à fragmentation surnommées « tartares » à cause du résultat « viande hachée » qu'elles occasionnaient. Une arme ancienne, mais on n'avait pas fait mieux depuis pour le combat de masse.

L'arme fétiche de Sol le Chasseur.

Dans une alvéole à part, *The Sting*. Un insolite petit pistolet en titanium, au canon court étrangement terminé par un bulbe en matière translucide, et qui tirait diverses munitions. Pour cette fois, six petits cônes en nylar d'aspect parfaitement anodin... et extrêmement trompeur.

En réalité, *The Sting* méritait bien son nom.

« Le Dard ».

À part les quelques autres « bricoles » de la mallette, dont une lunette passive frontale à intensificateur de lumière pour voir la nuit, le reste de son armement était concentré dans ses mains. De larges et fortes mains, dont les extrémités des doigts, le tranchant et le « coup de poing » étaient étrangement hypertrophiés et recouverts de cals épais. Des mains rompues aux très dures techniques de *l'ate-wasa*. Douées des caresses les plus douces, capables aussi de briser un parpaing, un bastaing de chêne, un pain de glace ou encore... un crâne très solide.

Avec ses armes ou ses mains, le Chasseur avait déjà beaucoup puni. Mais toujours « à la loyale ». D'homme à homme et sans témoins. Car contrairement aux polices de la Communauté, pas de *lawyercam* à l'arsenal des Chasseurs. Ces derniers œuvraient dans l'ombre et Dante était leur unique arbitre.

Leur juge aussi. En cas de trahison.

Ce qui ne s'était encore jamais produit. Les Chasseurs n'étaient pas des hommes ordinaires. De par leur nature profonde, leur engagement et leur conditionnement, ils étaient des êtres d'exception. Des soldats de l'ombre, tour à tour chiens de garde et charognards occultes d'une société malade. Une société dont ils n'auraient rien à attendre de bon, si par malheur le SL leur tombait dessus. C'était arrivé. Une seule fois, mais un « coup » superbe. Avec capture spectaculaire, montage d'un dossier à charge mensonger, procès trafiqué et hypermédiatisé, condamnation à l'isolement psychiatrique à vie, pour « meurtre crapuleux gratuit ». Peine incompressible, rarissime, seulement réservée aux grands criminels, jugés définitivement « déstructurés » sur le plan psychologique. L'asile de fous. Le pire des bagnes pour un être sain d'esprit. Sans même l'espoir d'un lointain *Black Ring*.

Sombre ironie du sort.

Le SL n'offrait pas d'alternative, les Chasseurs, si. Au *Black Ring* capturé, ils proposaient l'implantation du *Last Ring* ou la mort.

Le dernier choix.

Dans les deux cas, ils officiaient eux-mêmes. Immédiatement et sur place. Pour la mort, c'était selon les circonstances. Pour le *Last Ring*, grâce au *Sting*. Une injection dans la moelle épinière. Délicate. Mais les Chasseurs avaient appris. Ils avaient la main sûre.

De l'entraînement aussi. Sur le terrain.

Revenant à l'immédiat, Sol laça la gaine du Bull Survival autour de son mollet gauche, enfila le bas de son pantalon de toilex noir dans ses mi-bottes véni-tiennes *Cuoio-Grezzo* de Tafalli, engagea le gros Automat-Sig-Sauer 44 à quatorze coups dans sa ceinture, glissa le petit *Sting* et les six cônes dans les poches d'épaules de sa chemise *pressman* de chez Sciari et remisa la mallette dans le coffre privé de la chambre. Puis il commanda un plateau-repas par téléphone, prit le temps de déguster un saumon des Grands Viviers de la Baltique, arrosé de Lanson 2036, de visionner un film à l'holovisor *high definition* de la zone *média-room,* avant de quitter ce havre de luxe et de paix. À l'*auto-dispatch* du rez-de-chaussée, une plate-forme automatique lui remonta la Voxa du parking. Salué par le « général chamarré », il mit aussitôt le cap au sud. Vers les docks de Rothenburgs-Ort et l'entrée de Billhorner-Brüken.

Il était 23 heures.

Près de là, dissimulé dans l'ombre, un regard avait suivi son départ. Un regard froid, fixe et très attentif.

CHAPITRE V

Le Schwarzland était sans doute la zone la plus sinistre du Grand Hambourg. De nuit comme de jour. Ici, rien que du béton gris, sale et fissuré. Les HLM de la fin du siècle dernier n'avaient été construites que pour une ou deux décennies et d'ailleurs, la plupart avaient été vidées de leurs populations. Partout, on avait pillé fenêtres et portes, et les grosses lampes halogènes accrochés aux façades avaient été démontées depuis longtemps. Si bien que la nuit, la plupart des quartiers du *Schwarzland* étaient plongés dans le noir absolu. Surtout la zone numéro 5. La plus pourrie. Celle qui avait été désertée la première. Maintenant, elle était squattée par tout ce que Hambourg comptait de basse marginalité : les drogués, les criminels en cavale, la prostitution de bas étage et les petites bandes d'adolescents fugueurs. De nuit comme de jour, il n'était pas rare d'y entendre des fusillades, des sonos poussées à fond ou des hurlements de junkies en manque.

Quand il ne s'agissait pas de filles violées.

Chez les bourgeois de l'Aussen Alster on disait que si l'enfer existait, il ressemblait sûrement à la *fünf-zone*. La zone numéro 5. Ils avaient probablement raison. Ici, c'était vraiment l'enfer.

Un enfer qui convenait parfaitement à Ström.

Mais la *fünfzone* n'était pas tout. En fait, la totalité de l'immense Schwarzland appartenait à Ström. Depuis qu'il s'était enfin débarrassé de cette salope-rie de *Black Ring* pour s'évader de Bonn, il s'y sen-tait parfaitement libre. Il y faisait à la fois régner la terreur et *sa* sécurité. Contre les bandes adverses... et les flics. Le Schwarzland était une véritable ville. Une métropole en ruines. Morte, tentaculaire. La seule loi y ayant cours était la sienne. Personne ne viendrait le chercher ici. Même pas ces salauds de Chasseurs. Le Schwarzland était un monde à part, une zone interdite. Avec ses codes, ses rites, sa « justice » et ses punitions.

Et justement, ce soir, il avait une punition à infliger.

Une punition exemplaire, car il fallait à tout prix empêcher d'autres *cleans* de se faire des idées comme ce Küntz, ce minable pharmaco. Un phar-macien de la périphérie du Schwarzland. Juste à la limite nord de *China*. Un gros connard qu'il racket-tait régulièrement en lui piquant ses stocks d'amphé-tamines et autres drogues. Mais voilà que cet enfoiré était subitement devenu dingue et avait refusé de raquer. Sous prétexte d'un léger malentendu portant sur sa femme. Simplement parce qu'un membre de la bande l'avait sautée une fois ou deux. En la forçant un peu, bien sûr, mais avec les gonzesses, il fallait toujours montrer qui est le mâle.

Alors, le pharmaco allait payer. Rubis sur l'ongle.

Mais Albertplatz était déjà là et Ström leva son stick en hurlant :

— Stop !

Près de lui, répercutant l'ordre, le meneur leva le bras, aussitôt imité par les quatre sergents d'armes qui encadraient la troupe. La section s'arrêta, laissant tourner les moteurs. Elle venait d'arriver à la limite du Schwarzland et des odeurs épicées commençaient à refouler les remugles irritants du *jaune*. *China*, le ghetto asiatique, commençait, au bout de la rue. À moins de cent mètres. Ici, les magasins étaient fermés d'épais rideaux d'acier aveugles. Si épais que pour piller, il fallait les attaquer à la lance thermique. Ce qui ne changeait rien pour les commerçants. Simplement, les compagnies d'assurance exigeaient blindages et alarmes sonores pour la moindre boutique. Résultat : les assurés payaient encore plus cher et les sirènes faisaient s'amonceler les plaintes pour tapage nocturne sur les bureaux de la Land-Polizei.

Une Land-Polizei qui, de toute façon, mangeait dans la main de Ström. Il était le principal dealer des flics du Schwarzland.

— On y va, ordonna encore Abel Ström.

La pharmacie de Küntz était juste devant lui. À l'angle de Marxstrasse et de Kölnstrasse. Avec son rideau d'acier et ses sirènes d'alarme. Pas une lumière aux fenêtres du premier étage. Les Küntz dormaient. Comme tout le quartier. Un « dégazage » avait été décrété à partir de minuit et, bien qu'il ne soit encore qu'à peine 23 heures, la circulation, démente les autres nuits, était déjà très clairsemée, et les rares voitures passaient à l'écart des motos. Certains conducteurs n'hésitaient pas à faire demi-tour dès qu'ils voyaient la bande. Les *cleans* de Hambourg tenaient à leurs carrosseries et, à l'approche du dégazage, les piétons étaient rares. Car le liquéfiant balancé dans l'air par le service d'hygiène, pour lutter contre les effets du *jaune,* puait l'oignon et faisait pleurer toutes les larmes du corps. Personne ne viendrait déranger les Tolls.

D'un signe, Ström désigna la pharmacie et une camionnette Mercedes noire décorée de figures allégoriques délibérément pornos vint s'arrêter devant l'officine. Le « camion-balai ».

Toutes les bandes en avaient au moins un. Chargé de l'intendance, il suivait en général le peloton d'un mile ou deux et servait de camion-atelier. On ne laissait jamais un chopper en panne dans la nature.

Le conducteur laissa le moteur tourner, tandis que ses trois convoyeurs, des brutes aux crânes couverts de tatouages bizarres, sautaient à terre pour déballer leur matériel. En une minute, la lance thermique fut mise en batterie. Un matériel de guerre volé dans un stock militaire en transit dans le port de Hambourg. Il y eut un fort chuintement et, droit et blême comme un rayon de la mort, le jet de feu attaqua l'acier du rideau. Derrière, on entendit des craquements, des bruits de verre brisé. La vitrine éclatait. Pendant ce temps, aidé par la courte-échelle de deux hells, un autre était en train de réduire en charpie les sirènes et le central téléphonique. Soudain, un sifflement aigu monta derrière Ström. Il tourna sa grosse tête chauve rafistolée et une lueur sauvage fulgura dans ses petits yeux.

Les flics.

Une BMW Stoner 6200TI de la Land-Polizei venait de déboucher de Hammelstrasse sur Albertplatz. Tous phares allumés, face à la meute immobile des choppers. Elle s'arrêta, éclairant *a giorno* le théâtre des opérations, et Ström fronça les sourcils. En général, quand ils tombaient sur sa section, les flics ne traînaient pas dans le secteur. Ils la savaient puissamment armée et n'avaient de toute façon pas très envie de voir se tarir leur principale source de sniffettes. Seulement, il y avait les caméras. Toutes les voitures de patrouille en étaient équipées. Des vidéos branchées en permanence sur le circuit satellite de la police d'État. Elles tournaient sans discontinuer. Précisément pour éviter les tentations des flics et retransmettre fidèlement tout ce qui se passait autour du véhicule.

Des caméras, les Tolls en possédaient également. Leurs servants les mettaient en batterie à la moindre apparition des flics. Prêts à exploiter la moindre faille policière, le cas échéant. Ce qui était arrivé deux fois, dans les premiers mois de la prise de pouvoir de Ström. Ils n'avaient plus été inquiétés. Du moins de cette manière. Quant aux rares jeunes officiers de la Land-Polizei qui avaient quand même voulu faire du zèle, ils avaient été tués. Tout bonnement assassinés. Hors service. Au coin d'une rue ou n'importe où. Méthodes qui avaient fini par forcer le respect des flics.

Mais rien n'était jamais définitivement acquis.

— Stop, laissa tomber Ström à l'adresse de son meneur.

Ce dernier répercuta aussitôt l'ordre, et la lance thermique disparut au profit d'un seau de colle et d'affichettes écologistes. Mais dans le même temps, parce qu'il fallait tout prévoir, les mains s'étaient approchées des armes enfouies dans les sacoches et, rapides et silencieuses, une demi-douzaine de silhouettes s'étaient fondues dans l'ombre des porches et des recoins.

Les *schlächteren*. Les bouchers. Les tueurs de la section.

57

Rapides, efficaces, sans états d'âme. Recrutés dès leur entrée dans la section parmi les apprentis, selon des critères très particuliers. Jamais vraiment mélangés au reste de la troupe, ils arboraient des tatouages en forme de croix. Autant de croix, autant d'exécutions à leur actif. Une élite à part qui n'agissait que sur ordre express du président. En l'occurrence, Ström. En cas de défaut de ce dernier, c'était au vice-président d'agir. Il le faisait en donnant ses directives au chef des bouchers.

Un certain Bo.

On ignorait s'il s'agissait d'un diminutif, d'un surnom ou de son vrai nom. Il n'avait que celui-là et, de toute façon, il ne parlait jamais à personne. Très grand, maigre comme un fil, un éternel rictus glacé sur ses lèvres trop minces et portant une esquisse de cheveux blonds et ras sur le sommet du crâne, il faisait penser à un jeune moine un peu trop mystique. Une fois ou deux, il avait dû endosser des défroques « civiles » pour aller exécuter un contrat délicat en ville. Avec sa silhouette d'adolescent et son regard bleu limpide, il pouvait passer partout. Un vrai « pro ».

Un « pro », qui, à cette seconde précise, braquait le court canon d'un Tiger-Mosquito à chargeur de mille coups sur le pare-brise de la BMW. Des balles d'acier *metal piercing 600,* capables de transpercer un blindage moyen, un bloc moteur, les occupants du véhicule, la malle arrière et encore quelques bricoles. Des munitions prévues pour arrêter tout véhicule forçant un barrage de police. Une arme qu'il avait lui-même volée au cours d'un raid collectif très sanglant, dans un QG volant des super-flics des stups prohibés.

Il en souriait encore.

Mais Bo n'aimait guère ces armes trop performantes. Son truc, c'était le gadget. Celui qu'on ne pouvait déceler ou, au contraire, celui qui surprenait, qui étonnait la victime avant de l'envoyer de l'autre côté. Bo était un artiste. Un amoureux de l'art de tuer. Comme « Roth » Face, son lieutenant, le lanceur de couteaux.

— Ça va !

La BMW venait de redémarrer en direction de *China* et déjà, la lance thermique réapparaissait. La voiture blanche et bleue avait à peine disparu que l'engin entrait de nouveau en action. Mais à ce moment, des cris résonnèrent à l'intérieur de la pharmacie. Réveillé en sursaut par les bris de glaces, le pharmaco avait dû essayer de téléphoner aux flics. Maintenant, la panique le gagnait. Enfin, un large rectangle de ferraille céda, et une meute de Tolls déferla dans la pharmacie.

Désignés à l'avance, ils savaient ce qu'ils devaient faire : vider la pharmacie de tout ce qui pouvait servir aux Tolls. Non seulement stupéfiants de toutes sortes, mais également produits de soins et réserves d'alcool pur. Pour la fabrication de la tollwasser, *l'eau enragée,* leur schnaps à eux. Les trois premiers plongèrent dans la réserve et une chaîne commença à s'organiser pour transporter le butin. Deux autres firent irruption dans l'officine, y trouvèrent le pharmacien. En robe de chambre, planté derrière sa caisse, il braquait sur eux un court revolver, un Smith & Wesson 38 spécial, sans doute hérité de son arrière grand-père. Mais, paralysé par la peur, il ne pouvait même pas appuyer sur la détente. Le couteau de « Roth » Face venait de se planter avec un bruit sinistre dans le bois du comptoir. À deux centimètres de son bras. À cinq mètres de là, le sourire rouge et boursouflé de « Roth » Face ressemblait à celui de la mort.

— Salut !

Écartant tranquillement les Tolls, Bo qui les avait suivis comme leur ombre venait d'apparaître. Il s'approcha du comptoir. Sans arme. Son éternel sourire cynique aux lèvres, il fixait sur le pharmacien son regard bleu clair, presque rassurant.

— Tss, tss ! fit-il avec un bref regard éloquent vers le revolver. Tss, tss !

Puis, comme par magie, deux objets apparurent dans ses longues mains blanches. Dans la gauche, un pic à glace au moins aussi ancien que le 38 du pharmacien ; dans la droite, une sorte de court tranchoir. Celui qui lui servait à éclater le crâne des chiens de garde trop zélés.

Le pauvre Küntz n'eut pas le temps de comprendre. Il y eut un éclair près du revolver, l'arme lui échappa et il se retrouva la main plaquée au bois du comptoir. Avec le manche du pic qui en dépassait.

Clouée !

Il n'eut pas non plus le temps d'avoir mal. Pas encore. Il y eut un autre éclair et, s'abattant d'un coup, le tranchoir s'enfonça également dans le comptoir. Sous le choc, les quatre doigts du pharmacien volèrent au loin pour aller se perdre dans les rayonnages à l'ancienne.

Tranchés net.

Penché sur l'homme de l'art hébété, Bo souriait toujours. Presque affectueux. Enfin, d'une voix très douce, il souffla :

— Il ne faut plus jouer au héros, Küntz. Plus jamais.

Alors, le pharmacien s'évanouit.

CHAPITRE VI

Le *Red Bismarck* tenait à la fois de l'entrepôt, de l'usine du xxᵉ siècle et du harem. Un loft à l'échelle méga, criblé de sono paroxystique, transpercé par les milliers d'aiguilles des computers-spots, meublé de poufs, de coussins et de divans, fréquenté par la faune la plus *in* du Grand Hambourg et géré par un Franco-Égyptien minuscule.

Hosni Thaled.

Un peu trafiquant, un peu balance, un peu proxénète aussi. En un mot, la crème. C'était lui que Sol le Chasseur était venu voir. Il avait laissé la Voxa sur le parking de l'ancien quai n° 12 de la zone fret de Dradenau, presque devant la porte du cube du grand hangar sous lequel s'abritait le night. Après avoir payé un droit d'entrée exorbitant, il avait dû traverser une immense salle aux superstructures en acier noir et bourrée à craquer de danseurs fous qui s'agitaient autour d'une scène circulaire recouverte de cuivre. Dessus, trois filles entièrement nues se livraient en musique à des danses frénétiques qui se voulaient érotiques. Cela sentait la sueur, les parfums mélangés et le hasch. Complètement asphyxié par l'épaisse fumée, Sol s'était jeté dans un escalier en fer qui aboutissait au bar de l'étage. Maintenant, reprenant son souffle, il cherchait à apercevoir le Franco-Égyptien. En vain. Dante lui avait pourtant assuré qu'il ne quittait jamais les lieux. Une fille s'accrocha à son bras, lui plaqua un gros baiser mouillé sur la bouche, lui souffla au nez le léger nuage d'un bout de *ligne* qui traçait un trait neigeux sur le dos de sa main. Sol s'écarta. La fille lança :

— J'ai envie ! Gratuit.

Avant de savoir de quoi elle avait exactement envie, Sol s'était arraché à elle pour aller se pencher par-dessus un comptoir affreusement haut. Derrière, une nuée de serveurs des trois sexes s'évertuait à satisfaire une clientèle complètement speedée.

— Je cherche Hosni Thaled, dit Sol à une espèce de chose indéfinissable, mais habillée en homme.

La « chose » leva sur lui un regard indifférent, jeta :

— Dans le secteur.

Encourageant, mais insuffisant. Sol l'attrapa par la manche et insista :

— Hosni Thaled. Urgent !

Toujours aussi peu concernée, la « chose » se dégagea en souplesse pour lâcher :

— Les loges. Au-dessus.

Sol leva les yeux, vit une galerie qui courait tout autour de l'immense local et qui s'achevait en une espèce de passerelle de navire. Avec des portes numérotées. Les loges.

Il faillit être refoulé par une meute de filles quasiment nues. La relève des topless. Sur la passerelle, un colosse roux, aussi grand que Sol, tout de noir vêtu, coiffé à la mohican et doté d'immenses mains noueuses et déformées par le cal lui demanda où il allait.

— Hosni, dit-il, sobre.

— Je vais voir.

Le type l'avait fermement arrêté. Il le vit aller frapper à une porte numérotée, le rejoignit au moment où cette dernière s'ouvrait.

— Boss, commença le colosse. Il y a un type qui vous...

— Moi, coupa Sol en écartant le « mohican ».

— Eh, toi !

— Ça va ! retourne au boulot ! fit alors une espèce de nabot-pruneau.

Derrière lui, écroulée sur un plan de maquillage, une fille seulement vêtue d'un slip noir sanglotait doucement. Juste avant que le « pruneau » ne referme la porte dans son dos, Sol avait eu le temps d'apercevoir les marbrures sanguinolentes sur ses reins.

— Qu'est-ce que vous voulez ?

Hosni Thaled avait une voix désagréable. Entre la plainte du corbeau et le grincement de porte. Derrière ses lunettes fumées, on apercevait des éclairs dans ses yeux et la cicatrice qui coupait sa petite bouche en deux lui donnait l'air de sourire à la verticale.

Typologiquement, Sol pouvait *a priori* le classer dans le groupe des types 3 et 4. Groupe digestif ou latéral. Tête plutôt petite, outils faciaux bien centrés, visage arrondi. Pour le reste, épaule gauche plus haute que la droite, contraction musculaire et poids du corps inégalement réparti, silhouette curviligne. Ensemble qui dénonçait une légère tendance masochiste au sens large du terme, une émotivité et des sentiments intérieurement « coagulés ». Personnalité retenue, complexe.

Le « Mohican » s'était éclipsé et Sol dut hausser le ton pour se faire entendre :

— C'est Dante qui m'envoie.

Dans la pègre, tout le monde avait entendu parler de Dante. Voir surgir un de ses envoyés était très souvent mauvais signe. L'envoyé en question ne pouvait qu'être un Chasseur. Un nouvel éclair fulgura derrière les lunettes du Franco-Égyptien qui s'arracha un rictus figé.

— Venez, dit-il.

Impossible de savoir ce qu'il pensait, mais d'emblée, Sol ne l'aima pas. Il le suivit jusqu'à l'autre extrémité de la passerelle et ils entrèrent dans un bureau au confort outrancier. La moquette blanche y était si épaisse qu'on avait l'impression de marcher dans la neige. Le gérant fit le tour d'une table de travail en verre, se laissa tomber dans un profond fauteuil en vrai cuir noir et invita :

— Asseyez-vous. Que puis-je pour Dante?

La servilité perçait sous la question. Sans s'asseoir, le Chasseur se planta devant lui pour river son regard d'orage aux lunettes fumées. De sa voix profonde et douce, il dit :

— Je cherche une jeune fille. Presque une enfant.

Un nouveau rictus étira la bouche-cicatrice de Thaled qui grinça :

— Facile.

Le regard d'orage s'assombrit et devint fixe, mais le ton resta neutre.

— Elle s'appelle Vilna. Vilna Papen.

Puis, toujours sur le même ton, Sol renseigna le Franco-Égyptien sur le but de sa visite. À mesure qu'il parlait, l'autre semblait se ratatiner dans son fauteuil. Visiblement, il détestait à l'avance ce qu'allait lui demander le Chasseur. Pour finir, celui-ci précisa :

— Son grand-père a témoigné. Une bande de hells ou quelque chose comme ça. Je veux savoir laquelle. Le nom de son chef, l'adresse de leur QG.

— Mais...

— Pressé. Très pressé.

Tout dans l'attitude du Chasseur semblait pourtant démentir cette hâte. Il ressemblait à un grand fauve tranquille et patient. Mais dans ses yeux d'encre sombre dansaient des lueurs qui ne trompaient pas. Hosni Thaled parvint néanmoins à étirer ses lèvres dans un nouveau rictus. D'un grincement plaintif, il s'insurgea :

— Ce que Dante exige est délicat. Ces bandes sont très difficiles à pénétrer. Les curieux sont sauvagement éliminés.

Sol lui opposa son masque impassible pour déclarer, confidentiel :

— Dante n'a pas d'états d'âme.

Un silence épais suivit. Pour se donner une contenance, le tenancier prit le temps d'allumer un cigare. Enfin, réfugié derrière un épais nuage de fumée, il croassa :

— Je vais faire mon possible. Où puis-je vous joindre ?

— Je t'appelle après-demain soir. À la même heure.

Thaled sursauta.

— C'est trop tôt ! s'exclama-t-il, affolé. Beaucoup trop tôt ! Ce genre d'enquête est...

— Après-demain soir, coupa le Chasseur. Dante n'attend pas.

Derrière les lunettes sombres, le regard du Franco-Égyptien s'éteignit, comme une flamme brusquement soufflée. Entre les filles qui ne filaient pas droit, ce type glacé qui débarquait et cette menace à peine voilée, il passait décidément une très mauvaise soirée.

— Après-demain, dit encore Sol en gagnant la porte.

Il marqua un temps, déclara doucement :

— Si tu trahis, Dante frappe.

La porte se referma dans le dos du Chasseur et Hosni Thaled demeura un long moment prostré, sourd aux échos étouffés du night qui montaient jusqu'à lui. Il avait peur. Cela faisait trop longtemps qu'il n'avait plus entendu parler de Dante et il avait fini par croire l'ardoise effacée. Une erreur. Il aurait dû savoir que dans son monde et celui de Dante, rien n'était jamais oublié. C'était l'obéissance ou la mort. Il se dit alors qu'il pourrait peut-être amuser ce type avec des infos bidon. Du moins, pendant un jour ou deux. Le temps de s'organiser pour disparaître. Car il n'était pas question pour lui d'aller mettre le nez dans les combines des « crazy ». Tous ceux qui s'y étaient essayés avaient été massacrés. Y compris les flics.

D'un autre coté, le tenancier connaissait la réputation implacable de Dante. On ne le lâcherait plus.

Partir, fuir, il n'y avait plus que ça.

Il en était là de ces sombres perspectives quand la porte du bureau se rouvrit doucement. Il leva les yeux pour apostropher l'intrus, resta bouche bée.

Phra ! Un revenant !

Grisâtre, scrofuleux et dégingandé, l'échalas pakistanais se tordit dans une espèce de sinistre courbette pleine d'obséquiosité forcée. Un sourire tordu déformait ses lèvres pleines de plaies et ses petits yeux noirs et fixes débordaient de veulerie.

Phra, la bête noire de Hambourg. Le vendu de tout le monde qui se vendait à tout le monde. Phra le visqueux, le souffre-douleur d'un autre visqueux, le

66

Turc Sorgü. On le disait dévoré par un chancre d'origine indéterminée. Incurable. Quelque chose dit à Thaled que l'arrivée de l'échalas était liée à la visite du blond au catogan. Sa peur monta d'un cran et il couina :

— Qu'est-ce que tu veux, toi ?

Il avait essayé de donner de l'autorité à sa voix, mais l'autre accentua son hideux sourire. Pas dupe. Presque inaudible, il souffla alors :

— Tu connais mon patron, n'est-ce pas ?

Hormis le Turc, Phra avait au moins deux cents patrons. Et à part le Turc, il les trahissait tous. Thaled lâcha un autre nuage de fumée, avant d'éructer :

— Accouche !

Le Pakistanais se pencha sur le bureau, murmura :

— Qu'est-ce qu'il te voulait, l'étranger au catogan ?

D'abord, le Franco-Égyptien fut tenté de l'envoyer promener. Son haleine sentait l'égout. Puis l'idée lui vint. Ce nouvel élément de l'affaire pouvait finalement lui être bénéfique. En agissant adroitement, il pouvait du même coup se débarrasser du type au catogan et se dédouaner aux yeux de Dante. Alors, un nouveau rictus accroché à sa bouche-cicatrice, il déballa tout. Sans rien oublier de ce que lui avait dit l'homme de Dante.

Quand il eut fini, il comprit à la mine de Phra qu'il ne s'était pas trompé. Dans une heure, les « crazy » seraient alertés par les bons soins du Turc. Et tandis que Phra s'éclipsait comme une ombre, Thaled sourit derrière la fumée de son cigare.

Demain, le type au catogan serait mort.

Pour lui, une belle assurance-vie.

Phra glissait comme une anguille dans la foule des speedés. Sans un regard pour les filles nues de la scène éclairée *a giorno,* il écarta un groupe d'allumés qui faisait son entrée dans le night et se retrouva dans l'air mouillé de la nuit avec un soupir de soulagement. Il avait juste le temps de rentrer à la *Corne d'Or* avant les odeurs d'oignon du dégazage. Ça le faisait toujours pleurer.

Il contourna l'entrepôt, déverrouilla l'antivol de son vélomoteur d'un autre âge et enfourcha l'engin comme on saute à cheval.

Mais il n'eut pas le temps d'en faire plus. Une poigne terrible lui serra brutalement le cou et quelque chose de glacé s'enfonça sous son menton.

— Tu cries, tu meurs, fit une voix basse à son oreille.

Une voix profonde, à la fois douce et terriblement dangereuse.

Le Pakistanais se sentit soulevé de terre. Le cou toujours pris dans le terrible étau et la panique au ventre, il fut inexorablement poussé vers l'extrémité de l'ancien *pier* où se dressaient encore les vestiges de vieux entrepôts des douanes. Enfin, il fut plaqué contre un mur, fouillé à corps avec la dextérité d'un prestidigitateur et la même voix dangereuse ne lui laissa aucun espoir sur les raisons de son agression.

— Tu me suis. Pourquoi ?

Complètement déstabilisé, le Pakistanais ne sut que répondre. Que le blond au catogan ait pu déjouer sa filature le rendait malade. Ce type était un sorcier.

— Vite !

— C'est... c'est le Turc. Il m'a dit de vous suivre et... et de lui donner les noms de ceux que vous alliez rencontrer.

Le Chasseur le savait déjà. Dès sa sortie de la boutique du Turc, il avait compris que ce vélomoteur et cet échalas en ciré noir n'étaient pas sortis de la cour par hasard. Et plus tard, en quittant son hôtel, il avait parfaitement remarqué la même silhouette parmi les mendiants massés devant le parking.

— Que t'a dit Thaled ?

— Rien !

C'était sorti trop vite. Avec trop de peur. Dans la nuit crachouilleuse, la bouche du Chasseur s'étira dans une amorce de sourire glacé. La peur était toujours mauvaise conseillère.

— Que t'a dit Thaled ?

Sol avait la même voix. Juste un peu plus lourde. Une voix à laquelle il était difficile de résister. Et il y avait cette chose qui perforait le cou du Pakistanais. Terriblement présente. Menaçante.

Alors, Phra parla.

Il dit tout, très vite, comme pour se débarrasser d'un trop lourd fardeau. Il dit tout, plus le reste. Sa soumission au Turc, les relations et amitiés de ce dernier dans toutes sortes de milieux, ses alliances les plus secrètes. Insoupçonnables. Dans la nuit, l'esquisse de sourire froid de Sol s'estompa lentement, tandis que, malgré le manque de lumière, une lueur sinistre se mettait à flotter dans son regard de calme orage. Le monde des Chasseurs était décidément glauque et sordide. Écœurant. Mais Sol le savait depuis longtemps. Il questionna :

— Ton nom ?

Décontenancé, mais toujours mort de peur, l'indic bêla :

— Phra.

La même voix grave et profonde murmura alors :

— C'est bien, Phra. C'est très bien.

Phra n'eut pas le temps de comprendre. Le canon du *Sting* s'était enfoncé dans son cou. Il ressentit une douleur fulgurante, son cerveau explosa dans un énorme feu d'artifice et il s'écroula en émettant un bref soupir.

Suivi d'un pesant silence.

Mais, alors qu'on aurait pu croire le temps figé dans l'espace encrassé par les vapeurs acides du *jaune*, tandis qu'au loin la faible rumeur du Grand Hambourg était griffée par le *lamento* d'une sirène de navire, quelque chose avait soudain changé dans la qualité de l'air.

Le Chasseur avait senti la présence dans son dos.

Une présence mortelle.

CHAPITRE VII

Le corps de Phra avait glissé à terre, mais le Chasseur n'avait pas bougé. L'instinct du pro. Avant la contre-attaque, réfléchir. Vite. Analyser. Le jeu d'échecs, la vie sauve. Il humait l'air pourri de *jaune,* cherchant à deviner. À comprendre. Une sirène pleura son *lamento* tremblant sur l'Elbe toute proche et Sol sentit. Une odeur, un parfum. Musc, sueur sexe et peur. Sang également. Mais très peu.

Femme.

— Qui es-tu ?

Silence.

— Tu te caches. Pourquoi ?

Silence.

— Viens à la lumière.

Le ton neutre, la voix profonde. Presque douce. Rassurante, mais qui fait peur aussi. Incontournable. Alors, elle apparut dans la lumière du quai. Femme. Blême, glacée jusque dans le ventre. Cela se voyait à son maintien, raide. Bien avant de la voir, Sol l'avait reconnue. L'odeur. Celle qu'un peu plus tôt, il avait captée à la porte de la loge du *Red Bismarck*.

La fille aux marques sanguinolentes.

Avec son teint pâle rehaussé de *high make-up,* son blouson de nylar gris, sa mini de synthécuir noir assortie aux collants et ses cuissardes gris argent, elle ressemblait au mannequin de la dernière pub Shell. En triste. Grande et belle, mais pétrie de sa peur et de son froid. Sol la regardait venir, immobile, le *Sting* dissimulé. Elle s'arrêta à cinq mètres, profilant son ombre longiligne sur la paroi verdâtre et bosselée d'un container abandonné. Il capta le gris de ses prunelles et le feu de son regard. Maintenant qu'elle le voyait mieux, elle avait moins peur. Apparemment.

— Tu m'espionnais ?

Elle marqua un temps, secoua son casque de courts cheveux de jais

— *No.*

Elle avait la voix rauque. Comme cassée par la fumée, le chagrin, la fatigue ou le *jaune.* Et elle avait répondu en anglais.

— Tu te cachais ?

— *Yes.*

Hambourg était une des capitales du multilinguisme. Sol poursuivit en anglais :

— Pour attendre quelqu'un d'autre.

Ce n'était plus une question.

— Oui.

— Pour le tuer.

Déglutition, temps mort, puis :

— Oui.

Sol hocha la tête. Depuis le début, il avait vu le petit fauve noir et redoutable qu'elle avait essayé de cacher derrière son dos : Beretta-Korth Automatic

F1000 de calibre 223 court. Un bijou. Canon de deux pouces et chargeur de quinze cartouches. De quoi couper n'importe qui en deux.

Le Chasseur désigna l'arme.

— Dangereux.

— Pour qui ?

— Tuer est toujours dangereux. Même quand on tue une ordure.

— Comment sais-tu que je veux tuer Thaled ?

— C'est inscrit sur ton corps. En lettres de sang.

Elle battit des cils, esquissa un faux sourire, en fut quand même jolie.

— Tu veux m'empêcher de le tuer ?

— Je veux t'obliger à y penser.

— Pourquoi ?

— Pour que tu saches si tu *peux* vraiment le tuer.

Elle découvrit le Beretta-Korth, eut un autre sourire. De mort.

— Avec ça, je peux.

Sol secoua la tête.

— Tuer est un acte grave. Il faut être sûr que la tête et le cœur l'ont décidé. Sinon, c'est une faute. Pire qu'un péché.

— Et lui ?

Elle désignait le Pakistanais étendu aux pieds de Sol.

— Pas mort. Il oublie.

— Hein ?

Première réaction humaine. Incrédulité, incompréhension. Mais Sol passa outre.

— Pas mort. Juste endormi. Demain, plus de souvenirs. Tu as mal ?

Il pensait aux marques sanguinolentes. La fille aux cuissardes haussa les épaules.

— Ce n'est rien.

— Pourquoi veux-tu le tuer, alors ?

— Parce qu'il m'a frappée.

— Uniquement pour ça ?

— Oui. Ce type est un déchet puant.

C'était l'avis de Sol.

— Que faisais-tu au *Red Bismarck* ?

— Comme les autres topless. Danse et fausses caresses. Ventre ouvert au viol des yeux et des pensées. Marre. J'ai voulu partir, mais on ne quitte pas Thaled.

Le Chasseur savait. Mafia, drogue, prostitution, danger. Thaled était réellement une ordure. Il questionna :

— Tu as déjà tué ?

— Non.

À son tour, Sol esquissa un sourire. Rare.

— Tu me plais, dit-il.

— Je plais toujours.

— Moi, ce n'est pas comme ça.

Nouvelle hésitation, léger alanguissement du corps, puis un sourire dans les yeux gris. Un sourire-merci :

— Tu me plais aussi. Tu ressembles à l'archange Michel. Pourtant, toi, tu es un vrai tueur.

Silence. Assez long. Elle se trompait. Sol n'était pas un vrai tueur. Il était un Chasseur. Un croisé de l'ombre. De sa voix profonde et grave, il dit :

— Je vais te rendre un service.

— Pourquoi ?

— Parce que ça m'arrange.

— Quel service.

— Je punirai Thaled à ta place.

— Quand ?

— Quand le moment sera venu.

— Pourquoi ?

— Secret.

En parlant à Phra, Hosni Thaled avait trahi Dante. Mortel. Il devrait payer. Face à Sol, la fille aux cuissardes hésitait.

— Ça ne me soulagera pas.

— Je t'assure que si. Je le dis : pour l'humain, tuer un autre humain est un acte grave. Le plus grave.

La fille battit de nouveau des cils, regarda Sol avec plus d'attention, demanda :

— Tu le sais vraiment, toi ?

— Je te le dis.

Elle le regarda encore. Longuement. Le jaugeant et pesant ses paroles. Au bout d'un moment, elle soupira et son long corps de liane parut enfin se détendre vraiment, redevenir fluide et chaud, vivant.

— OK, dit-elle dans un souffle. Je te crois.

Il tendit la main, quêtant le Beretta-Korth. Elle hésita encore et il précisa :

— Symbole d'accord. Je te le rendrai. Quand tout sera fini.

— OK.

Elle lui abandonna son arme et il l'empocha. Avec le *Sting*.

— Tu as une voiture ?

— Non. Juste l'autorisation du dimanche. Mon *navebus* passe sur Finkenwerder. Le 45-11. Il y en a un toutes les quatre minutes.

Ils étaient arrivés près de la Voxa. Un couple d'homos cuir et acier se vautrait sur le capot du coffre. À l'approche de Sol, l'un d'eux se redressa avec un regard de défi gourmand. Puis voyant qu'il n'avait aucune chance, il alluma un pétard de rush et entraîna son copain plus loin. Maintenant, il y avait beaucoup de monde. Au *Red Bismarck*, c'était l'heure du coup de feu. Les voitures étaient pleines de couples, de trios ou plus encore, qui se livraient à toutes sortes d'activités plus ou moins avouables. Entre les véhicules, des groupes dansaient ou chahutaient sur les musiques des sonos de bord et des dealers arrogants des trois sexes marchandaient sans complexe leurs rations de faux rêves. Sol ouvrit la portière de la Voxa, proposa à la fille aux cuissardes :

— Je te dépose ?

— Non.

Catégorique. Mais après un silence :

— Non merci. Pardon.

Un éclair d'ironie passa dans l'ombre des prunelles du Chasseur.

— Tu détestes les dettes.

— Oui.

— Dans ce cas, rends-moi service aussi.

— Comment ?

— Retourne au *Red Bismarck*.

— Non.

— Demain, après-demain, juste quelques jours.

La fille lui lança un regard noir, faillit partir, bascula le poids de son corps d'une jambe sur l'autre et finit par soupirer :

— Pourquoi ?

— Tu danses nue, tu ouvres ton ventre aux regards violeurs, mais tu regardes et tu écoutes.

Froncement des sourcils de la fille aux cuissardes.

— Comment ça ?

— Avec ce que je te donnerai demain.

— Je ne comprends pas.

Il lui adressa une esquisse de sourire et lui dit :

— J'ai besoin de toi. Demain. À midi, chez toi.

— Non.

— Non quoi ?

— Pas chez moi.

Le Chasseur réfléchit. Très vite.

— OK, dit-il. Demain, midi, *Altona-Park Hotel.* Mon nom est Sol.

Une lueur incrédule passa dans les grands yeux gris de la fille aux cuissardes.

— Moi, c'est Iris, dit-elle.

Un sourire hésitant étirait le coin de ses lèvres-fruit. Elle demanda :

— Tu t'appelles vraiment Sole..., comme le soleil ?

Elle l'avait prononcé à l'italienne. Il répondit de sa voix basse et profonde :

— Sol comme soleil. Mais sans e.

CHAPITRE VIII

— À moi !

Un léger frôlement cisailla l'air humide des anciens entrepôts de Vass A.G. et le choc de l'acier s'enfonçant dans le bois résonna comme un coup de poing. Un son mat et bref qui avait déjà résonné souvent depuis le début du jeu. Cette fois, il coïncida avec un autre bruit. Un miaulement. Plaintif, déchirant. Là-bas, à l'opposé de la grande estrade couverte de tapis et supportant le trône en ébène d'Abel Ström, le grand chat gris gémissait.

Cloué sur le bois de la porte.

Planté dans sa cuisse, le poignard de « Klein » Gert vibrait encore.

De grands rires excités à la *rush-bier* fusèrent d'un peu partout. Dans la lueur rouge et dansante des torches fichées aux quatre coins de l'estrade, les chromes des choppers étincelaient et les faces de brutes marbrées de crasse luisaient de transpiration. Par dizaines, débraillés et à demi-nus au milieu des détritus, vautrés sur des grabats ou assis sur leurs selles, les Tolls mâles et femelles se livraient aux joies troubles de l'orgie en s'enivrant de bière « krank ». De bière « malade ». Des canettes dans lesquelles on avait fait tremper un rush. Un caillou d'alcaloïde cristallisé obtenu par un traitement conjugué très spécial de cocaïne-base, d'ammoniaque, d'acétone et de quelques autres composants jusqu'alors tenus secrets. Une spécialité des Tolls.

À l'écart des autres, réfugiée dans l'ombre d'une carcasse en résicarbonium d'Opel-Squad à haut châssis, luttant contre les crampes et le froid du « crash » qui, depuis son rapt, suivait chacun de ses « rushes », Vilna Papen lâcha une petite plainte aiguë et s'enfouit le visage dans les paumes. Elle avait fini par supporter la dictature du petit Gert, mais elle adorait les chats. Surtout Nestor. Un greffier errant et malade qu'elle avait recueilli peu après son enlèvement. Un animal sauvage auquel elle s'était attachée et qu'elle gardait dans leur réduit-cave de l'ancien dépôt des armes et poudres Vass A.G.

Seulement, Nestor était un chat caractériel.

Il s'était échappé et, au hasard de ses pérégrinations, avait lacéré les sacs contenant le stock de rush de la section. Crime de lèse-toll qui devait être puni, d'où la raison de la crucifixion du chat coupable et de cette exécution-jeu raffinée dont le coup d'envoi était obligatoirement revenu à « Klein » Gert. Une punition aux allures de rite sacrificiel. Un crève-cœur pour Vilna.

Quand cette dernière releva la tête, ses yeux étaient pleins de larmes et une petite veine battait sur sa tempe gauche. Elle se sentait malade et avait envie de hurler. Mais dans l'état de défonce où se trouvaient maintenant les Tolls, cela risquait de virer au drame. « Klein » Gert n'était pas un tendre et son adresse de jongleur au couteau était connue de tous. Vif et dangereux comme un scorpion.

Depuis le début, depuis qu'Abel Ström avait jeté Vilna en pâture à ses « soldats », elle appartenait à « Klein » Gert. Il était son champion. Celui qui avait réussi à l'arracher aux autres et à la conserver couchée sur son chopper durant tout un tour du Nordland 3. Depuis, aucun Toll ne s'était hasardé à l'ennuyer ou à la battre sans la permission de « Klein » Gert.

Elle était sa chose.

— À moi ! C'est à moi de lancer !

Un autre Toll s'était précipité sur le couteau encore planté dans la cuisse de Nestor. « Roth » Face le chevelu, le castré de la dernière guerre inter-easy. Le lieutenant de Bo, le chef des *schlächteren,* les bouchers de section. Un échalas blondasse, aux bras tatoués de plusieurs croix, dont tout le côté droit du visage n'était qu'une hideuse boursouflure rouge et crevassée. Avec la génèsoplastie, un bon biochiru-technologue aurait arrangé ça en quelques semaines d'implantation cellulaire. Mais chez les Tolls, on se soignait tout seul. Sauf dans les cas gravissimes, où l'on faisait parfois appel à Hippocrate, un ancien médecin tombé dans l'alcoolisme et qui squattait une ruine rococo de Schwarzland. Évidemment, ses soins étaient souvent en rapport avec son état alcoolique du moment.

De toute façon, « Roth » Face aimait sa gueule saccagée. Parce qu'elle faisait peur. Surtout aux petites filles.

— C'est à moi ! cria encore « Roth » Face en arrachant le poignard de la cuisse du chat. Cette putain de lame, je vais la lui planter dans le cul !

81

Comme s'il avait compris, le pauvre Nestor poussa un lamentable miaulement. Un véritable cri de désespoir, insupportable. Alors, n'y tenant plus, Vilna jaillit de l'épave en hurlant :

— Espèce de taré ! Laisse Nestor tranquille !

Le silence qui suivit tomba sur les anciens entrepôts de Vass A.G. à la manière d'une chape de plomb. Un silence d'une telle intensité qu'on entendit nettement les halètements paniqués du chat crucifié.

De mémoire de Toll, on n'avait jamais vu ça !

Une pisseuse qui la ramenait !

Sur les choppers, les Tolls s'étaient redressés. Sur les faces où hésitaient encore les expressions de l'instant précédent, l'incrédulité avait fait son apparition. Y compris chez les filles. Au centre de l'immense entrepôt, « Roth » Face l'échalas semblait changé en statue. Dans la lueur dansante des feux, sa figure ravagée ressemblait à un masque gore. Puis ses petits yeux mauvais se tournèrent lentement vers « Klein » Gert et il demanda d'une voix trop douce :

— Qu'est-ce qu'elle vient de dire, ta « trouée » ?

« Trouée » étant le terme toll très imagé qui désignait le sexe féminin. Une finesse linguistique. Visiblement ennuyé, « Klein » Gert tourna sa tête rasée en direction de Vilna, la gratifia d'un regard à geler le Sahara.

— Qu'est-ce que t'as dit, toi ?

Il avait une voix étrangement basse pour sa frêle constitution et l'espèce de chuintement qui accompagnait chacune de ses fins de phrases donnait toujours l'impression qu'il venait de se brûler la langue. Avec le débardeur en synthécuir vert qui découvrait ses épaules cagneuses et blanches, avec la longue gaine du poignard qui battait sa cuisse maigre, il ressemblait à un méchant d'holofilm comique.

Sauf qu'il n'avait rien de comique.

« Klein » Gert était un tueur. À son actif avant son entrée dans la brigade toll, vingt-sept cambriolages, tous assortis de massacres au fusil à billes. Pour un peu, la circonscription judiciaire de Belgique qui l'avait condamné à son dernier procès aurait presque réclamé la réclusion perpétuelle. De quoi déclencher un coup d'État de la part du SL.

— Qu'est ce que t'as dit ? répéta « Klein » Gert.

Dans ses petits yeux rougis par l'abus de rush-bier, des lueurs meurtrières avaient fusé. Dans l'intimité, il permettait parfois à Vilna de s'exprimer presque librement, mais devant les autres, surtout devant ce tueur schizophrène de « Roth » Face, surnommé par la presse le « maniaque des petites filles »...

Un vrai branque. Douze meurtres abominables.

Douze petites filles violées, au couteau !

De la boucherie.

— Elle m'a traité de taré, intervint de nouveau « Roth » Face avec un petit ricanement glacé. *Ta* « trouée » m'a traité de taré.

Il avait appuyé sur l'adjectif possessif *ta* en défiant ouvertement « Klein » Gert. Jaloux, aigri. Vilna, il l'aurait bien voulue. Lui aussi appréciait fort les très jeunes filles. Hélas depuis sa dernière guerre, sa sexualité avait besoin d'un accessoire, son fameux couteau violeur. Un couteau semblable à celui qu'il était précisément en train de faire sauter au creux de sa grande main gantée de synthécuir noir clouté. Mais celui-là appartenait à « Klein » Gert. Pourtant, il le gardait encore, le palpait presque tendrement en faisant se refléter les éclats rouges des torches à l'acier de sa lame.

— Elle m'a traité de taré, répéta-t-il de sa voix trop douce. Incroyable, non ?

Au sein d'une brigade toll, c'était effectivement inconcevable. Les filles ne parlaient librement qu'entre elles et demandaient la permission pour s'adresser aux « hommes ». Toujours en termes respectueux. « Klein » Gert le savait. Ça sentait le roussi. Se tournant vers Vilna, il questionna :

— T'as dit ça, toi ?

Il aurait visiblement préféré que personne n'ait remarqué l'éclat de sa « protégée ». Mais le mal était fait et il fallait réparer. D'une manière ou d'une autre. Les yeux soudain mauvais, il avança sur Vilna et lui envoya une gifle. Pas vraiment forte. Parfois, « Klein » Gert avait certains égards pour elle. Elle gémit pour la forme, retourna se tasser dans la carcasse de l'Opel-Squad.

— Ça suffit pas.

La voix trop douce de « Roth » Face s'était de nouveau élevée dans le silence. Malgré les vapeurs de rush qui stagnaient encore dans son cerveau, Vilna sentit son cœur lui remonter dans la gorge. Ce soir, « Roth » Face semblait plus « chargé » que d'habitude. Des lueurs dangereuses fulguraient dans ses yeux et sa voix trop douce avait des frémissements inquiétants. L'ordure allait pousser l'incident jusqu'au bout. La loi des Tolls lui en donnait le pouvoir. « Klein » Gert l'avait compris aussi. Il fit volte-face, envoya de son étonnante voix de basse :

— Ça veut dire quoi ?

— Ca veut dire que ça suffit pas, répéta l'échalas d'un ton uni.

Un tic nerveux commençait à lui étirer la bouche vers son côté gore. La tension était soudain montée dans les rangs des Tolls et seul, loin au fond de l'entrepôt, un couple d'homos haletait encore. Dans tous les regards noyés de rush-bier se lisait un subit intérêt.

La bagarre approchait.

— Qu'est-ce qui te fait dire ça ? renvoya « Klein » Gert, mauvais.

— L'évidence, mec. L'évidence, sourit dangereusement le castré. Ça veut dire que ta « trouée », tu l'as pas assez punie. Elle m'a insulté, elle doit être punie.

— Quand une « trouée » mérite une punition, renvoya « Klein » Gert dans un chuintement prononcé, c'est à son homme de s'en charger. C'est la loi des Tolls.

— La loi des Tolls dit surtout qu'un homme qui se laisse déborder par sa « trouée » n'est plus un homme.

Un silence plus épais encore tomba sur la bande. Un silence de mort seulement troublé par les plaintes du chat. Car chacun avait compris qu'une insulte pareille, même voilée, ne pouvait se laver que dans le sang. Et celle que venait de lancer « Roth » Face n'était pas absolument voilée. Dans son épave de voiture, Vilna tremblait de peur. Elle avait compris. Depuis le temps que « Roth » Face la voulait, elle venait de lui offrir l'occasion rêvée de la prendre à « Klein » Gert. Au cours d'un duel, à la loyale, comme le stipulait clairement la loi des Tolls.

Et chez les Tolls, un duel était toujours mortel.

— Exact ! s'exclama une forte voix dans le dos de « Klein » Gert.

Prévenu on ne sait comment, Abel Ström jusqu'alors isolé dans ses quartiers était soudain apparu, accompagné de Bubblie. Claudiquant sur sa prothèse biotech et frappant son autre jambe de son éternel stick, son immense silhouette habillée de vieux cuir s'était lourdement hissée sur l'estrade. Dans la lumière dansante des torches, la plaque de carbotitium de son front luisait d'éclats pourpres et

mouvants. Dessous, les petits yeux cruels fixaient
« Klein » Gert.

— Exact, répéta-t-il en hochant lentement son
crâne rasé. Chez nous, un homme dont la « trouée »
insulte un Toll mâle doit laver le déshonneur.

Il marqua un temps, laissa tomber avec morgue :

— Tu sais comment.

Le petit tueur savait. La loi toll était implacable.
Pour garder la face et sauver l'honneur, il aurait dû
immédiatement punir Vilna. La punir vraiment.
C'est-à-dire, puisqu'elle avait péché par la langue, lui
couper la langue.

Maintenant, il était trop tard. De toute façon, il
n'avait pas l'intention de supprimer une langue aussi
docile. Mais puisqu'il avait ouvertement fait preuve
de faiblesse, il fallait réparer. Très vite. La dernière
chance. Faute de quoi, il aurait affaire à Ström en
personne. Exécution sommaire. Le terrible 44
Manlischer Magnum à trente coups. Les plus grosses
cartouches de pistolet du marché. Des balles dont le
président de section toll fendait l'extrémité. Des
entailles en forme de croix qui explosaient littéralement à l'impact et qui transformaient la victime en un
véritable magma sanguinolent. La dernière fois que
« Klein » Gert avait vu fonctionner le Manlischer,
c'était pour l'exécution de cet abruti de Grêlé. Il
n'avait pas envie d'être le suivant.

— Alors ?

La voix brutale de Ström avait roulé sous la voûte
en demi-cintre de l'entrepôt. Il s'était laissé tomber
sur son trône en ébène, attendant déjà le spectacle.
Le monstrueux canon en acier *stainless* de l'automatique avait jailli de ses cuirs râpeux. Debout à sa
droite, hiératique et sculpturale dans sa combinaison de vrai cuir noir, Bubblie la walkyrie regardait

dans le vague en caressant le gros rat blanc posé sur son avant-bras. Glacé de trac, fasciné par le trou noir d'où pouvait surgir la mort, « Klein » Gert hocha son crâne brillant de transpiration.

— Ça va, cracha-t-il d'une voix encore plus grave. Je vais lui faire sa fête, à ce connard.

Le « connard » ricana doucement.

— Tiens ! Attrape-le encore une fois !

Il avait lancé le couteau qu'il avait en main. Celui que « Klein » Gert avait planté dans la cuisse de Nestor. Le petit Gert l'attrapa au vol. Un mouvement répété des milliers de fois et qui l'avait rendu célèbre. Mais à la même demi-seconde, « Roth » Face avait fait jaillir son propre couteau de sa gaine de ceinture et son bras s'était détendu à la vitesse de l'éclair. Vilna poussa un cri, vit la lame s'envoler en accrochant des lambeaux de lumière et dans le silence épais ponctué de miaulements, il y eut un son mat. Comme plus tôt, quand l'autre poignard s'était planté dans le chat.

— NOOONNN !

Comme une folle, Vilna avait de nouveau jailli de l'épave. Elle parcourut deux mètres, se statufia, le cœur bloqué, paralysée d'horreur. Devant elle, également stoppé dans son élan, le geste suspendu comme celui d'un épouvantail, « Klein » Gert fléchissait lentement sur ses jambes trop maigres. Dans ses yeux où dansaient les flammes des torches, il y avait tout l'étonnement du monde.

Il y avait de quoi.

Un manche de poignard dépassait de son front.

Vilna vit « Klein » Gert faire un pas en arrière, battre lentement des bras et ouvrir la bouche sur un cri qui refusa de sortir. Puis il tomba à genoux, parut hésiter encore et, tandis qu'un filet de sang commençait à sourdre de son front, il s'effondra en avant. Le manche du poignard sonna sur le ciment et ce fut de nouveau le silence.

Un silence entrecoupé par les plaintes du chat.

Alors seulement, le regard de Vilna rencontra celui de « Roth » Face et elle eut peur. Très peur et très froid partout.

Il l'avait gagnée, elle lui appartenait.

CHAPITRE IX

Le hall tout de blanc laqué de l'*Altona Park Hotel* grouillait d'une foule cosmopolite. Tout un arrivage de touristes qui se pressaient contre le desk en marbre noir de la réception. Au passage, Iris nota qu'on y parlait presque toutes les langues. Y compris le russe et quelque chose qui ressemblait à du chinois. Iris était impressionnée par le luxe du lieu. Rien que le monumental lustre en cristal de Bohême du *lounge* devait représenter cent ans de ses cachets. Il faut dire qu'a cette époque où l'on assassinait pour un emploi, une topless gagnait tout juste de quoi ne pas mourir de faim. Sauf si elle se prostituait. Et encore. De toute manière, Iris ne voulait rien savoir. Son ventre propre était son dernier trésor. Son ultime rempart contre l'avilissement.

Elle fendit un groupe compact de femmes arabes voilées qui écoutaient les recommandations de leur matrone, évita avec agilité une main baladeuse anonyme qui s'était hasardée sur son passage, et elle allait enfin arriver au desk quand elle se sentit saisie par le bras.

— Plus chercher.

Une voix grave et profonde.

Iris se retourna, reçut le choc du regard de graphite. Sol. Cet homme énigmatique dont le souvenir l'avait tenue éveillée une partie de la nuit. Sol, avec son drôle de nom, sa face d'archange sculptée dans le marbre, son casque de fils d'or, son catogan noir et son étrange langage fait d'essentiel.

— Viens.

Il l'entraînait déjà vers l'arche en marbre noir qui marquait l'entrée du *Bacchus,* un des nombreux bars de surface du complexe hôtelier. Ils s'assirent dans l'ombre complice d'un box à l'écart. Iris choisit une eau minérale fluovitaminée, Sol opta pour un *Wasser-Mint.* Il passa la commande sur le clavier inclus dans le bras de son fauteuil-club en vrai cuir rouge, inclina celui-ci en position repos et posa un petit paquet sur la table basse qui le séparait d'Iris.

— Qu'est-ce que c'est ? questionna-t-elle, méfiante.

— Voir est souvent savoir.

Iris se résolut à ouvrir le paquet. Elle y découvrit tout un minuscule appareillage d'écoutes clandestines. Un mouchard autocollant Hi-Tech pas plus gros qu'une gélule vitaminée, un écouteur de conduit auditif sans fil, encore plus petit. Tous deux de couleur beige pâle. À côté, un minuscule dictaphone à enregistrement par déclenchement vocal. Le tout reposant sur un petit matelas de dollars. La jeune femme désigna les billets, fixant Sol de ses grands yeux d'eau nordique. Toujours aussi méfiante.

— C'est pour quoi faire ?

— Rétribution.

Elle secoua la tête.

— Pas question. D'ailleurs, j'ignore encore si je vais accepter.

— Tu vas accepter.

— Pourquoi ?

Elle le défiait avec cette naïveté touchante qu'ont parfois les enfants devant les certitudes des grands. Intérieurement amusé, Sol renvoya :

— Pour m'aider à punir Thaled.

Iris garda le silence un moment. Un Mag-Servitor à « rail » magnétique inclus dans le marbre du sol arrivait avec leur commande. Sol inséra sa CB-puce Gold-Mundial dans une fente de l'appareil et posa les doigts de sa main gauche sur la plaque d'identification à cristaux liquides.

Débit automatique du compte bancaire identifié.

Le Mag-Servitor libéra le plateau, restitua aussitôt la CB en remerciant son client d'une voix féminine très sensuelle. Grâce aux empreintes qui prouvaient l'identité de Sol, l'appareil avait également identifié son sexe et adapté sa voix synthétique en conséquence.

— Que dois-je faire exactement ? questionna Iris.

Intriguée, elle observait ce grand diable blond, dont le regard de calme orage semblait receler tous les drames de la Création.

— Je te l'ai dit. Danser, écouter, voir.

— Comment cela ?

Il désigna le plus petite des pastilles, précisa :

— Écouteur. Tu le places dans ton oreille et tu écoutes ce que capte ceci.

Il désignait l'autre pastille. Iris s'enquit :

— Et ce truc, je suppose que je dois aller le glisser dans le bureau de Thaled.

— Exact. N'importe où. Même sous un coin de moquette. Hypersensible.

Il montra l'enregistreur.

— Ça, tu le planques où tu veux. Fonctionne automatiquement. Autonomie de la batterie-puce, un mois en temps continu.

Iris réfléchit encore, palpa les dollars en les faisant crisser, finit par secouer la tête et les rendit à Sol.

— Pour le fric, dit-elle, pas d'accord. J'en fais une affaire personnelle. Pour le reste, c'est OK.

— L'argent n'est pas à moi. Il fait partie d'un ensemble créé pour combattre le crime.

Iris le fixa avec incrédulité. Puis, d'un coup, son regard se dilata et elle commença :

— Tu... tu veux dire que tu es...

— J'ai dit ce que j'ai dit. Trop parler est inutile. Prends cet argent. Pour me joindre, laisse un message à la réception de cet hôtel. En précisant comment te contacter.

Elle hésita, questionna :

— Tu n'habites pas ici, n'est-ce pas ?

— Non.

Mesure de précaution. Avant Sol, d'autres Chasseurs avaient été abattus en gagnant leur chambre d'hôtel. Mieux valait brouiller les pistes.

— Ne puis-je te joindre directement ? demanda encore Iris.

— Non.

C'était net. Sans appel.

L'*Altona Park* n'était pour Sol qu'un relais téléphonique. Assuré par l'Inter-Computotel, l'immense réseau international des terminaux hôteliers dont les *passwords* étaient réputés inviolables. Discrétion oblige, qu'elle fût professionnelle ou touchant à la vie privée des adhérents.

92

Iris comprit qu'il était inutile d'insister. Cet homme auréolé de mystère la fascinait trop pour qu'elle ose en exiger plus. C'était la première fois de sa jeune vie qu'elle éprouvait cela. Presque douloureux. Dans la poitrine et dans les entrailles. À couper le souffle. À ne plus avoir ni faim ni soif.

D'ailleurs, elle ne buvait pas.

Sol quitta son fauteuil-club, lui adressa une esquisse de sourire où elle voulut deviner un soupçon de chaleur.

— Je pars, dit-il. Sois prudente.

Il allait s'éloigner quand elle se hâta de questionner :

— Tu... tu viens au *Red Bismarck,* ce soir ?

Il secoua la tête.

— Non. J'ai à faire.

Sans un mot de plus, il disparut et Iris demeura seule, face à son eau minérale fluovitaminée et à ses angoisses. Mais quelque chose avait soudain changé dans sa morne existence. Quelque chose qui faisait battre son cœur plus fort. Et c'était bon.

C'était même très bon.

Sûrement très dangereux aussi.

CHAPITRE X

La voiture était là. Tous feux éteints, tapie dans la nuit brumeuse de *jaune,* comme un gros fauve aux aguets.

L'endroit était sinistre.

Loin de l'agitation nocturne de Hambourg et de la cohue automobile de la périphérie. Une immense ceinture d'*autobahnen* tentaculaires et encombrés que Sol avait dû traverser pour gagner son point de contact.

Ici, aux confins du Sudland noyés dans le *jaune,* les anciennes cités HLM hâtivement construites quarante ans plus tôt pour répondre a l'afflux massif des immigrés de l'Est n'avaient pas résisté. Mauvais matériaux et vandalisme. Un plan de réhabilitation pour la zone Sud avait bien été lancé, mais les crédits manquaient et, comme certains secteurs du Nordland et du Schwarzland, l'endroit était fortement squatté. Une bande de marginaux avait même investi les anciens studios d'une radio locale, d'où ils

95

lançaient parfois des émissions pirates qui troublaient les grands médias locaux. La police avait bien tenté plusieurs fois de purger l'endroit, mais aussitôt, l'omniprésent SL avait poussé les hauts cris. Il avait même envoyé des piquets de sécurité sur le terrain. Des commandos musclés qui ne rechignaient pas à la bagarre contre les forces de l'ordre. Tout ça au nom de la liberté d'opinion.

Résultat : les flics n'y venaient plus.

Et là aussi, c'était le chaos.

À l'abri des éboulis, Sol observait la voiture à l'aide de l'I.L-System. Des lunettes-masque à intensification de lumière également trouvées dans la « boîte de Pandore » et qui lui donnaient l'allure d'un batracien. Grâce à elles, il pouvait parfaitement voir la voiture. Une vieille Activa Citroën. À l'intérieur, le conducteur était seul.

Hans Schliemer.

Un autre contact de Dante à Hambourg. Chauve. Avec de grosses moustaches et un profil énergique. Sol balaya le secteur d'un lent panoramique de ses lunettes. Personne en vue. Ici, pas de squatt possible. Sauf pour les rats. Tout n'y était que ruines. Sol quitta son observatoire, marcha vers la voiture, vit la face du chauffeur se tourner dans sa direction. Il l'avait entendu venir. Le Chasseur ouvrit la portière du côté passager, se laissa tomber sur le siège défoncé en rengainant l'Automat-Sig-Sauer P2000. Mais il avait conservé l'I.L-System sur ses yeux : inutile de trop montrer son visage.

— Schliemer ? questionna-t-il.

Grâce aux lunettes, il put voir le geste qu'accomplit l'intéressé pour faire prestement disparaître un petit Detonics-Auto 38 entre sa cuisse et son siège. Un pro, lui aussi.

— *Ja,* répondit l'Allemand.

— Prouve-le.

Sans se formaliser, l'autre sortit un porte-cartes de sa poche intérieure de veste. Il tendit une petite *magnekart* barrée de multicolore, sur laquelle figuraient son portrait... et le mot POLIZEI. Sol la lui rendit, hocha la tête. Il s'agissait bien du sympathisant local de Dante. Flic à la Kriminalpolizei de la zone Sud.

— OK, dit-il. Roule.

— Où ça ?

— N'importe.

Hans Schliemer s'exécuta et l'Activa cahota sur les éboulis avant de trouver enfin le sol plus stable d'une petite rue presque déserte. Quelques minutes plus tard, quittant la zone en ruines, ils débouchèrent sur Kohlchaussee. La partie sud du quatrième anneau périphérique du Grand Hambourg, où la vitesse autorisée ne dépassait pas 50 km/h. Large de dix voix, bordée de chaque côté par des murs d'usines et des entrepôts, grouillante de véhicules, surtout des camions. Tous portaient le sigle NT, *Nacht Transit,* jaune phosphorescent près de leur plaque d'immatriculation. L'autorisation de rouler la nuit. Dix minutes plus tard, l'Activa stoppait dans un cul-de-sac, près de l'ancienne station d'épuration de Sud-Karlsrühe.

L'endroit était désert. Aussi sinistre que celui d'où ils venaient. Le policier arrêta son moteur, bâilla, sortit un tube d'aspirine de sa boîte à gants. Incrédule, Sol fixait l'intérieur du casier. Dedans, il y avait un serpent. Un petit serpent vert, enroulé sur lui-même, immobile. Schliemer sourit.

— C'est pour mon gosse, dit-il. Prise de guerre. Un vivarium de la Cité des sciences qui a pété cet après-midi. Des saloperies de serpents partout. C'est

97

un spécialiste de « Chinatown » qui les a endormis avec un fumigène de sa composition, mais celui-là n'a pas eu de bol. Écrasé dans la panique.

Il sourit, bâilla de nouveau.

— J'ai accidentellement respiré sa fumée. Depuis, je tombe de sommeil. Antidote : aspirine à haute dose. Alors...

Il croqua trois comprimés d'un coup, hocha la tête, puis, revenant à leur affaire, il demanda :

— Qu'est-ce que je peux faire ?

C'était le moment. Sol se lança :

— Abel Ström. *Black Ring,* évadé depuis deux ans. Pourrait être le kidnappeur d'une gamine de onze ans. Vilna Papen.

Le flic hocha sa tête chauve.

— Je sais. On parle effectivement d'une section toll dont ce type serait le chef. Ils ont flingué la grand-mère de la petite.

— Affirmatif.

— Des dingues, commenta le policier. Givrés en permanence. Rush-bier, coke, héro, etc. Malheureusement, nos indics sont muets sur le sujet. On suppose qu'ils squattent quelque part dans le Schwarzland, mais impossible d'en savoir plus. De toute façon, les flics en ont peur. Ils sont écœurés. La justice baisse les bras devant le SL.

Le policier marqua un temps, soupira :

— Les statistiques criminelles sont en hausse et, bien sûr, la population râle un peu. Alors, pour lui clouer le bec, on déclenche parfois une *Kraft.* Une opération « forte ». Gros effectifs, quelques interpellations. Menu fretin auquel le Syndicat des libertés impose une ou deux de ses conneries de stages psycho-éducatifs. Puis on les relâche et c'est joué, conclut Schliemer en bâillant derechef. De la merde !

— Amertume et découragement sont synonymes de renoncement, renvoya Sol. Comment peux-tu m'aider ?

Le policier hésita, finit par lâcher :

— Un type, Hippocrate. Un ancien médecin tombé dans l'alcoolisme. Son fief, le Schwarzland. Squatte les ruines d'un ancien cabinet de dentiste. Il y effectue des interventions de fortune et pirate son électricité sur le réseau des égouts. Sa clientèle, les marginaux du coin.

— Il était aussi dentiste ?

Petit sourire de Schliemer.

— Négatif. Je plains ceux qui ont essuyé les plâtres.

— L'adresse de ce cabinet ?

— 231, Moldaustrasse. Mais les numéros n'existent plus. Un petit immeuble rococo en ruines, entre deux tours de béton sur le point de s'effondrer. Impossible de se tromper. Mais fais gaffe, prévint-il. C'est en pleine *todtzone*.

Todtzone. La zone « morte » du Schwarzland. L'endroit le plus dangereux de Hambourg. Schliemer remit son moteur en route.

— Ce fumigène m'a tué, dit-il. Je vais me coucher.

— OK. Dépose-moi où tu m'as trouvé.

Ils refirent le chemin en sens inverse, retrouvèrent les ruines du Sudland. Toujours le désert. Avant de quitter l'Activa, Sol lança par-dessus son épaule :

— *Danke*.

Hans Schliemer le retint par la manche.

— Merci à toi, renvoya-t-il d'une voix sourde. Si les Chasseurs disparaissaient maintenant, tout serait foutu.

À travers l'I.L-System, Sol lui lança un regard intrigué.

— Pourquoi dis-tu ça ?

Le flic hésita, finit par lâcher :

— Fais gaffe ! J'ai entendu dire que l'antenne du SL de Hambourg aurait engagé des tueurs et lancé un contrat.

— Un contrat ?

— Contre toi, précisa Schliemer. De *vrais* tueurs. Freelance. Spécialistes de la subversion armée et de l'attentat politique.

Sous l'I.L-System, Sol fronça les sourcils.

— Le SL ? Des tueurs ? Pour assassiner des Chasseurs ?

— Pour *les* Chasseurs en général, j'ignore. Je dis qu'un contrat est lancé contre *toi*. *Très précisément toi*.

C'était fou. On entrait de plain-pied dans le monde de Kafka. Les chantres de la liberté se lançant dans l'exécution sommaire ! Inconcevable. Le monde à l'envers.

Sol fixait toujours son interlocuteur. Il demanda :

— Tes sources ?

— Un indic, ricana l'Allemand.

— Pourquoi ris-tu ?

Le policier récita, méprisant :

— C'est l'histoire de l'indic turc qui vend un autre indic turc. En dehors de ça, ils sont sûrement copains. Ils habitent l'un en face de l'autre. En pleine *Corne d'Or*.

Bien sûr, Sol avait compris. À la *Corne d'Or,* il ne connaissait qu'un seul indic sachant qui il était. Sans commentaire, il acheva son mouvement pour sortir de la voiture, répéta :

— *Danke.*

Puis il se fondit dans la nuit embrumée de *jaune*. Une nuit de dégazage qui irritait les bronches. Une nuit pareille aux autres. Mais pour le Chasseur, celle-ci commençait seulement. Maintenant, il avait affaire. Du côté de la *Corne d'Or*.

Un ghetto interdit la nuit.

Mais certains plats se mangeaient chauds. Très chauds.

Hosni Thaled regardait Phra sans le voir vraiment. Le matin même, les videurs du *Red Bismarck* avaient trouvé le Pakistanais sur le parking du night, écroulé entre deux voiturcs, commc drogué à mort. Personne n'avait compris. Musulman convaincu, Phra n'avait jamais bu une seule goutte d'alcool. Quant à la drogue, il ne faisait qu'en vendre. Beaucoup de hasch et un peu de rush. Toujours aux « infidèles », jamais aux musulmans. Même chez les cloportes, on avait sa moralité.

Aussi Hosni Thaled considérait-il le déchet humain qu'il avait devant lui avec une certaine curiosité. Étendu sur le ciment de la cave du night où les gorilles l'avaient déposé, il dodelinait de la tête en crachant des suites de phrases sans lien entre elles. Dans ses yeux, l'égarement le plus profond se lisait. Parfois, à d'autres moments, il semblait revenir à la raison, mais pour un temps seulement. Très bref.

— Eh, Phra !

Le Franco-Égyptien venait d'envoyer un coup de pied dans les côtes du Pakistanais. Celui-ci poussa un grognement, leva sur lui un regard incertain, lâcha enfin :

— Je te connais, toi.

Il y avait du progrès. Hosni Thaled s'accroupit, essaya de donner une apparence de sollicitude à ses petits yeux abrités derrière les lunettes fumées. Sa

101

bouche-cicatrice s'étira dans un rictus vertical et il lança :

— Alors, Phra ! Tu as bu un coup ?

L'échalas parut hésiter, finit par secouer sa tête trop haut perchée et grogna :

— Pas bu.

— Pourtant, tu en tiens une sévère, non ?

Phra secoua la tête de plus belle, se frotta le cou, grimaça avant de répondre, têtu.

— Pas bu. M'en souviens pas.

— Comment ça, tu t'en souviens pas ? Tu t'es rushé, alors ?

— Pas rushé. Pas bu. Me rappelle pas.

— Tu ne te rappelles pas de quoi ?

— Je me rappelle de rien.

Hosni Thaled avait eu une maîtresse psychiatre. Elle lui avait expliqué certains trucs bizarres à propos de « mises en condition mnémotique ». Du chinois pour lui, mais on pouvait essayer.

— Tu veux dire que tu ne sais même pas qui je suis ?

— Si, si ! Toi, c'est Thaled. Mais je sais..., je sais pas ce que je fais là.

Intrigué, le Franco-Égyptien se sentait vaguement mal à l'aise. Une impression qui ne l'avait pas quitté depuis la visite de ce diable blond, ce Chasseur. Et son instinct lui soufflait que cette étrange amnésie de Phra pouvait être liée à la visite de l'envoyé de Dante. Une impression qui ne le comblait pas de joie.

Il insista :

— Tu te souviens quand même que tu es venu me voir, hier soir ?

Le cloporte fronça ses épais sourcils.

— Hier soir ?

Il avait l'air complètement dépassé et ne cessait de se frotter le cou. Juste sous le menton. Thaled se pencha davantage, ôta la main de Phra, ne vit rien d'autre qu'une rougeur. Mais comme l'échalas se frottait de nouveau sous le menton, il cria à son gorille resté à l'écart :

— Donne ta lampe, toi !

Le « Mohican » colosse s'approcha, lui tendit un mince tube noir d'où jaillit le caractéristique pinceau blanc bleuté du *laserlight*. Thaled se pencha de nouveau et cette fois, il vit nettement la petite boursouflure pâle sur la tache plus foncée d'une zone d'irritation.

— Qu'est-ce que cette merde ? fit Thaled, songeur.

Il venait de découvrir le minuscule point rouge au milieu de la boursouflure pâle. Comme une piqûre de guêpe.

— Qu'est-ce qui t'a fait ça ? demanda-t-il au Pakistanais.

Hébété, l'intéressé secoua la tête.

— Fait quoi ?

Thaled n'insista plus. Une certitude, Phra n'avait pas cette marque quand il était venu le voir la veille. Il l'avait donc reçue entre hier soir et ce matin. Car dans cette cave où l'on n'avait jamais rien entreposé, il n'y avait même pas de mouches. Rien que du béton lisse et propre. Il se redressa, lâcha à l'adresse du gorille :

— Surveille-le.

Il allait appeler ce rat puant de Sorgü. Pour lui dire de venir le débarrasser de cet autre rat puant. Mais il n'avait pas encore franchi la porte de la cave, que la voix de Phra s'élevait derrière lui :

— Le diable ! C'était le diable !

103

Interdit, Thaled revint vers l'échalas, questionna :

— Qu'est-ce qui te prend ?

L'autre dodelinait de la tête en se frottant le cou de plus belle. Il répéta, les yeux emplis d'une étrange terreur :

— Le diable ! Un diable... blond !

Thaled sentit son estomac se contracter.

— Quel diable blond ?

— Le diable blond ! Le géant dans la nuit ! Avec les cheveux d'un ange ! D'un ange... chrétien !

Quasiment pléonastique. Mais Hosni Thaled n'avait pas envie d'ironiser. Insidieuse, la peur montait dans ses entrailles. Il se sentait glacé de l'intérieur. Car s'il était une ordure, Hosni Thaled n'était pas un idiot. Il avait compris. L'envoyé de Dante avait coincé Phra à sa sortie du *Red Bismarck*. Bien sûr, le Franco-Égyptien ignorait la raison de cette hébétude chez Phra, mais il se doutait que cette piqûre au cou n'y était pas complètement étrangère. Et sa peur enflait en lui comme un cancer galopant. Car une certitude venait de s'imposer.

Phra avait parlé. Forcément.

Hosni Thaled était paralysé de froid. Une autre certitude venait de s'ancrer dans chacun des atomes qui le constituaient. À partir de maintenant et tant qu'il vivrait, la peur ne le quitterait plus.

Plus jamais.

Car Dante ne pardonnait jamais deux fois.

CHAPITRE XI

Par-dessus la sono du night filtrant à travers la porte du bureau, la sonnerie du Computel résonnait pour la septième fois dans le mini-combiné à laser. Hosni Thaled avait coupé le circuit caméra de l'appareil, mais laissé la réception-image en service. Il aimait voir sans être vu. Pendant ce temps, la sonnerie continuait à crever l'éther sidéral et le Franco-Égyptien était en nage. Ce vieux rat de Sorgü était devenu sourd. Ou bien il avait encore entamé une nouvelle série de ses interminables palabres avec un marchand voisin, et il n'entendait rien. Le Franco-Égyptien avait des envies de meurtre.

— Allo !

Thaled faillit sursauter. La voix du Turc avait éclaté dans son oreille comme s'il avait été à deux centimètres de lui. Pourtant, l'écran à cristaux liquides du combiné restait sombre. Le vieux rat n'aimait pas être vu non plus. Thaled se fit connaître, dit aussitôt :

— Phra est ici.

105

— Ah ?

Le Turc était prudent. Thaled insista :

— Je crois qu'il y a un problème.

— Un problème ?

La voix du receleur avait changé. Les deux hommes se connaissaient de réputation, mais Hosni Thaled ne l'avait pas appelé plus de deux fois dans sa vie.

— Hier soir, dit le Franco-Égyptien, ton Pakistanais est venu me voir. C'est toi qui l'a envoyé ?

Brève hésitation, puis :

— Oui. Si l'on veut.

Thaled connaissait la méfiance légendaire du Turc. Mais le patron du *Red Bismarck* était tranquille. Son Computel était soft. Pour en être sûr, il avait acheté le meilleur détecteur de mouchards actuellement sur le marché.

— Il faut que tu viennes le chercher, lança-t-il à l'adresse du Turc. Il est mal en point.

— Comment ça, mal en point ?

Le ton de Sorgü devenait franchement soupçonneux. Thaled se hâta de corriger :

— Je n'y suis pour rien. *On* l'a mis mal en point.

Thaled avait insisté sur le *on*. Il hésitait encore. Mais, connaissant les attaches du Turc avec toutes les pègres de Hambourg, il se dit qu'une collaboration « franche et loyale » avec lui ne pouvait nuire. Il se lança donc à l'eau :

— Tu sais, ce blond, ce Chasseur qui est venu chez toi ?

Nouvelle hésitation, puis :

— Qui t'a dit ça ?

— Phra.

Encore une hésitation.

— Alors ?

— Il est venu chez moi aussi.

Silence. Plus long.

— Ah.

— Je crois que le problème Phra, c'est justement ce Chasseur.

— Ah.

Réaction plutôt sobre, mais, au ton employé, Thaled comprit qu'il avait fait mouche. Aux autres de se débrouiller. La suite le conforta dans l'idée qu'il œuvrait dans le bon sens.

— C'est bon, dit le Turc. Où il est, Phra ?

— Dans la cave du *Red Bismarck*. Quelqu'un le surveille.

— C'est bon, répéta Sorgü. Oublie tout ça. On fait le nécessaire. Préviens seulement ton surveillant.

En d'autres circonstances, Hosni Thaled aurait détesté qu'un minable receleur de la *Corne d'Or lui* dise de telles choses. Mais derrière tout ce cirque, il en soupçonnait un autre qui le dépassait. Un micmac infiniment plus dangereux que tout ce à quoi il était confronté dans sa spécialité. Il fallait arrêter la mécanique tout de suite. Il avait même sûrement eu tort de parler hier soir au Pakistanais. Pour garder les pieds au sec, mieux valait ne pas se les mouiller.

Vieux proverbe corporatif.

— OK, jeta-t-il dans l'appareil.

Mais Sorgü avait déjà raccroché.

Thaled reposa le combiné sur sa console, essaya de réfléchir sainement au problème. Pas facile. Mais une idée maîtresse se dégageait de l'ensemble.

Foutre le camp.

Mettre très vite la plus grande distance possible entre lui et cet enfoiré de Chasseur. Du moins, provisoirement. Un Chasseur qui l'avait assuré d'une très prochaine visite. Très exactement ce soir.

Il quitta son fauteuil directorial en vrai cuir, alla faire pivoter le panneau de bibliothèque plein de faux livres, derrière lequel se cachait son coffre-fort. À l'aide d'une petite clé à pompe, il ouvrit une trappe située en haut de la porte, mettant à jour une cavité devant laquelle il articula distinctement une succession de chiffres. Le code d'ouverture du coffre. Une formule qu'il était seul à connaître, mais cette précaution ne suffisait pas. Pour que le coffre s'ouvre, il fallait aussi que ce soit sa voix qui la prononce. Système inviolable, car un enregistrement de ladite voix n'aurait rien donné. L'ordinateur du coffre conservait en mémoire toutes les procédures d'ouverture. Il suffisait que deux de celles-ci soient prononcées avec les mêmes intonations pour que les systèmes de sécurité bloquent instantanément le déverrouillage.

Une petite merveille technologique.

Le péché mignon d'Hosni Thaled.

La porte du coffre s'ouvrit avec un bref cliquetis feutré et le Franco-Égyptien y préleva un jeu de dossiers. Ses affaires « confidentielles ». Le coffre ne contenait rien d'autre. Ni bijoux, ni argent. De ce côté, Thaled avait pris ses précautions depuis longtemps. Il referma le coffre, se redressa, fit un pas de côté pour rabattre le panneau de bibliothèque. À cet instant, un des faux livres s'écarta des autres et sa couverture en principe collée s'ouvrit, libérant une sorte de pastille. Comme un comprimé pharmaceutique. Beige. Intrigué, Hosni s'empara de l'objet, le retourna dans sa paume, nota les minuscules orifices qui perçaient une de ses faces, comme ceux d'un écouteur en miniature. Une seconde ou deux, son regard demeura fixé sur l'objet. Fasciné. Puis son estomac se contracta de nouveau et il eut peur de comprendre ce qu'était en réalité cette insolite pilule.

Mais il savait déjà qu'il avait compris.

C'était un micro !

Le vaste *parkplatz* de la Mosquée noire était presque désert. À cette heure, l'imposant lieu de culte ne recevait plus et derrière ses minarets noirs en fers de lance, l'immense ghetto de la *Corne d'Or* semblait plongé dans une profonde léthargie. Mais Sol savait qu'une fois franchie la limite symbolique des premières venelles, cette apparence trompeuse disparaissait. Il savait aussi que pour l'*infidèle,* pénétrer de nuit dans ce monde aux lois particulières constituait un vrai danger. Heureusement, les dégazages avaient commencé et la puissante odeur corrosive qu'ils dégageaient obligeait le port du chèche enroulé autour du visage. Ce qu'il avait déjà fait. Une aubaine pour conserver l'anonymat.

Raison qui avait poussé Sol à venir cette nuit.

Il avait laissé la Voxa sur le parking d'un hypermarché presque voisin, puis était remonté à pied jusqu'au parvis de marbre noir de la mosquée, fendant quelques groupes d'hommes également couverts de chèches. Beaucoup de mendiants et sans doute aussi quelques *Bin.*

En turc, *bin* signifie le nombre *mille.*

C'était le nom des flics de la police privée de la *Corne d'Or.* Tout simplement parce que ses effectifs constants avaient toujours été fixés à mille individus. Soit en civil, soit en « uniforme ». Pour ces derniers, de simples combinaisons de toile kaki. Tous excellents tireurs et rompus aux sports de combat, les *Bin* étaient une sorte de corps d'élite redoutable. Très

109

religieux, ils appliquaient la loi islamique avec une fermeté sans égale. Notamment au niveau de la drogue. À la *Corne d'Or,* on n'en vendait qu'aux étrangers. Aux *infidèles.* Quant à la délinquance et au grand banditisme, on les traitait à la manière de la *Corne d'Or.* Par la punition. Pas d'états d'âme sur l'exemplarité de la peine ni sur le recyclage des criminels. On passait les délinquants à tabac et on abattait sur place tout criminel pris en *flag.*

Résultat : il y en avait de moins en moins.

Simple, mais efficace.

Forte de cette assurance, la police officielle n'entrait jamais à la *Corne d'Or.* On y restait entre soi, on « faisait » ses morts soi-même et on les enterrait dans le strict respect de la religion.

Un petit crachin gras s'était mis à tomber, noyant le paysage nocturne dans un sinistre halo brumeux. Avec le chèche et l'ample manteau en synthécuir noir qui lui battait les jambes, l'athlétique silhouette du Chasseur ressemblait à celle d'un chevalier de légende déplacé dans le temps. Un manteau qui cachait le blousar aux multiples poches. Des poches mortelles.

Suivi par les regards envieux d'une bande de gamins oisifs, Sol traversa les deux cents mètres de parvis, redescendit les marches de l'autre coté, enfila *Kemalchaussee* sur une centaine de mètres avant de se fondre dans le grouillement des venelles des bas quartiers. Ici, comme au siècle dernier, on éclairait les éventaires avec des lampes à gaz ou à l'acétylène. Malgré le *jaune* et les corrosifs dégazages, cela sentait bon les épices, la cannelle et l'encens.

L'Orient.

Fendant la foule affairée et jacassante de cet immense bazar qu'était en permanence la *Corne d'Or,* Sol remonta en direction de l'est, passa devant un portique illuminé d'ampoules multicolores.

L'entrée du marché aux enfants. Le « Purgatoire ».

À la *Corne d'Or,* on savait perpétuer les traditions. Dans les ruelles de ce ghetto dans le ghetto, on mutilait des enfants. On fabriquait des mendiants professionnels que l'on envoyait ensuite faire la manche dans le Grand Hambourg. Une source de revenus si importante qu'elle avait engendré l'infrastructure d'une véritable entreprise commerciale. Avec échelle des salaires, cadres et syndicats. Détail subtil, ces syndicats avaient été créés par les dirigeants de ladite entreprise. Cela simplifiait les procédures.

Enfin, Sol arriva dans la petite ruelle en pente qu'il connaissait déjà. À vingt mètres, face à l'échoppe d'un bijoutier, la boutique bleue écaillée de *herr* Sorgü.

Le contact de Dante.

Avant la boutique, il y avait le porche. Celui d'où, la veille, le Chasseur avait vu surgir le vélomotoriste au ciré noir, Phra l'échalas. Sol pénétra dans la cour, vérifia qu'elle était déserte et, se fiant à son sens de l'orientation, localisa une porte en bois qui devait être celle de l'arrière-boutique de Sorgü. Il s'en approcha, pesa sur la poignée qui résista. Logique. Et prévu. Trois secondes plus tard, il glissait un petit tube métallique hérissé de piquants dans la serrure. Un passe-partout autoréglable très efficace, dont étaient dotés certains services de police fédérale tels que la Financière et la Sûreté politique. Il tritura le mécanisme, obtint un faible cliquetis, tourna de nouveau la poignée.

La porte s'ouvrit.

Quelques centimètres. Juste pour vérifier.

Pas de lumière.

Le Chasseur assura l'I.L-System sur son front, ouvrit davantage, se glissa dans l'ombre, reverrouilla derrière lui, se baissa aussitôt. Le terrible Automat-Sig-Sauer 44 P.2000 était déjà calé dans son poing. Prolongé d'un réducteur de son Mag-Z. Un silencieux qu'on ne trouvait pas dans le commerce, spécialement étudié pour les *snipers* militaires. Sol resta ainsi une minute environ. Dans l'I.L-System, l'écran bleuté à cristaux liquides montrait un local encombré de caisses, de tonneaux et de ballots. Du sol au plafond. Mais pas âme qui vive. Loin sur la droite, derrière une porte dont la forme était détourée par un rai de lumière, on percevait les échos lancinants d'une musique turque. L'accès à la boutique. Le nez envahi par les lourdes odeurs d'épices, Sol regarda à gauche. Au fond du dépôt, près d'un gros robinet qui lâchait son goutte-à-goutte agaçant dans un seau en plastique, un raide escalier en bois datant sûrement des croisades chrétiennes grimpait pour se perdre dans l'ombre des poutres. Le Chasseur se redressa, louvoya entre les empilements de sacs, monta avec précaution, se retrouva dans une sorte de grenier. Sur le plancher raboteux, un coffre à linge, quelques poufs en vieux cuir, un matelas recouvert d'une couverture. Sous la pente du toit, à l'aplomb d'un vasistas crasseux, une esquisse de cuisine qui se résumait à un évier en résine ébréchée et à un réchaud électrique à deux plaques assez déglingué. Sur la table, une assiette sale, une théière en métal doré et ciselé à l'arabe.

Herr Sorgü vivait comme au siècle dernier.

Sol redescendit, alla se poster près de la porte en question, remisa l'Automat P.2000 dans son holster sous le blousar, puis se mit à attendre. Longtemps. Quand il entendit enfin le rideau de fer de la boutique se baisser avec fracas, sa montre *Gucci* à calendrier perpétuel indiquait plus de minuit. Pas une seule fois, le Turc n'avait ouvert la porte de son dépôt. Il dut attendre encore une dizaine de minutes avant que le rai de lumière de la porte ne s'éteigne et qu'un glissement feutré de pas n'arrive à ses oreilles. Déjà, l'Automat P.2000 était revenu se loger dans son poing. Il se plaqua contre le mur, entendit la poignée de la porte grincer et sur l'écran bleuté de l'I.L-System, il vit le battant s'ouvrir et une main apparaître pour se poser aussitôt sur un commutateur électrique d'un autre âge. Un alignement d'ampoules pendues au plafond s'alluma et *herr* Sorgü entra dans le champ de vision du Chasseur.

Un centième de seconde après, le gros réducteur de son de l'Automat s'enfonçait durement sous le maigre menton.

— Pas crier, pas bouger.

La voix grave et profonde du Chasseur avait sinistrement résonné aux oreilles du Turc. Il eut un soubresaut du buste, ses minuscules yeux noirs se dilatèrent sous le choc de la surprise et dans le même temps, le paquet qu'il tenait sous le bras s'écrasa sur le ciment du sol. Un tapis de lentilles s'étala à leurs pieds dans un petit bruit soyeux. D'un coup de pied, Sol referma la porte, poussa le receleur contre un amas de sacs et l'obligea à s'y asseoir. Puis il remonta l'I.L-System sur son front et à cet instant seulement, *herr* Sorgü le reconnut.

Cette fois, un éclair fulgura dans ses petits yeux noirs.

Un éclair de panique. Presque de terreur. Il ouvrit sa bouche édentée pour parler, sembla mâcher l'air chargé d'épices, puis, dans un souffle, il lâcha :

— Qu'est-ce que...

Il n'en dit pas plus. L'émotion. Le Chasseur lui adressa une sourire absent.

— Bonsoir, *herr* Sorgü, dit-il de sa voix grave et profonde.

Presque avec douceur.

Le Turc mâcha encore un peu d'air ambiant avant de laisser filer entre ses lèvres décolorées :

— Mais... qu'est-ce que vous faites ?

— Pour l'instant, je menace. Après, je tue peut-être.

— Mais pourquoi ?

— Tu as trahi Dante.

— Non !

— Si. J'ai intercepté Phram. Il a parlé.

Le regard fourbe du marchand vacilla.

— Non ! répéta-t-il plus doucement.

— Si. De plus, un indic de la police t'a vendu.

— Non !

— Si. Tu étais le seul à savoir qu'un Chasseur allait débarquer à Hambourg. Malheureusement, tu ignorais quand je viendrais chercher la mallette. Sinon, je serais peut-être déjà mort. Ceux pour qui tu trahis m'auraient tendu un piège.

— Non ! Je... je vous jure ! Je vous jure sur le Saint-Nom...

— Tu vas commettre un gros péché. Confie-Lui plutôt ton âme.

— Non ! Ne... ne me tuez pas !

— Donne-moi une seule bonne raison de ne pas le faire.

Un silence épais succéda à ces paroles. Le réducteur de son toujours enfoncé dans son cou, le Turc déglutissait avec peine, faisant monter et descendre sa pomme d'Adam de travers.

— Une seule, répéta Sol.

114

— Je... je ne vois pas...

— Trahis ceux qui t'ont fait trahir Dante.

— Non ! Je n'y comprends rien !

Sol lui envoya un nouveau faux sourire. Glacé. Dans ses yeux de calme orage le Turc pouvait déjà lire sa mort. De sa voix grave et profonde, le Chasseur exigea doucement :

— Je veux tout savoir, Sorgü. Tout.

Nouvel éclair de panique dans le regard de Sorgü. Malgré le canon du P.2000, il ne put s'empêcher de secouer négativement la tête.

— Je..., vous êtes fou ! croassa-t-il. Je ne comprends rien à tout ça ! Je n'ai trahi personne ! Je suis un grand malade ! Vous... vous êtes un bandit ! Je...

Lui coupant la parole, un gong explosa soudain contre la porte de la cour. Un poing impérieux s'était mis à marteler le battant et une voix sèche appela :

— Sorgü !

Une voix aux accents orientaux qui s'exprimait en allemand. Impérative. Le Turc avait sursauté. Une lueur d'affolement passa dans ses yeux et Sol vit nettement tout son corps trembler. Ce fut bref, mais flagrant. Dehors, la voix répéta plus fort :

— Sorgü ! Ouvre ! On sait que tu es là.

Alors, comme cédant brusquement à un mystérieux appel intérieur, le Turc se redressa comme un ressort. Puis avec une rapidité étonnante, il déroba son cou au canon de l'Automat et sa bouche s'ouvrit toute grande sur ses chicots noirs.

Pour crier.

CHAPITRE XII

Fulgurante, la main de Sol était partie. Le talon de sa paume percuta sèchement le front du Turc. Juste à la lisière du chèche. Cela fit un bruit de claque humide et la tête de Sorgü bascula violemment en arrière. Le chèche tomba mais la bouche du receleur n'émit qu'un hoquet ridicule. Puis son corps glissa le long des sacs et le Chasseur accompagna sa chute jusqu'au sol.

— Sorgü !

Le poing s'était remis à frapper contre la porte. Si cela continuait, toute la *Corne d'Or* allait rappliquer. Sol se redressa, hésita à éteindre la lumière, y renonça. Si les autres avaient risqué le moindre regard par le trou de la serrure, ils l'avaient vue allumée. L'éteindre eût trahi une présence.

— Sorgü ! Ouvre !

Un silence, suivi d'autres voix, plus loin. En arabe. Une discussion animée qui sembla durer une éternité. Enfin, celui qui demandait à Sorgü d'ouvrir lâcha de nouveau :

— Laisse !

En arabe.

Il y eut des sons divers, des bruits de pas qui s'éloignaient, puis, un moment plus tard, on gratta tout doucement au battant.

— Amal ! souffla une autre voix. Ils sont partis.

C'était du turc. Une des langues que les Chasseurs étaient tenus de parler. Comme l'anglais, le chinois, l'allemand, le russe, l'espagnol l'italien, etc. Plus quelques autres moins répandues, comme le malais ou le bulgare. Apprentissage quasiment inaccessible au commun des mortels du siècle dernier. Mais les méthodes avaient changé. L'hypno-induction permettait maintenant ce type de prodige.

En attendant, Sol semblait coincé.

— Amal !

La même voix, confidentielle. Le timbre d'un vieil homme. Sans doute un voisin. Sol ne broncha pas. Il fallait tenir. Tout le temps nécessaire. Le genre d'épreuve nerveuse à laquelle il s'était entraîné. Mais Sorgü commençait à battre des paupières. Un faible grognement s'échappa de sa bouche, et Sol dut lui comprimer les carotides pour le renvoyer au royaume des songes. Puis il s'assit sur un sac et se vida l'esprit.

Environ cinq minutes.

Le temps qu'il fallut à l'autre pour se décourager. Il l'entendit s'éloigner et une porte claqua quelque part dans la cour.

C'était le moment.

Le Chasseur se redressa, lança un long regard autour de lui, sonda quelques tonneaux, en sélectionna un en résine synthétique où ne restait qu'un fond de saumure. Ensuite, il alla ouvrir quelques sacs, trouva finalement ce qu'il cherchait et revint se pencher sur le Turc. Celui-ci bougeait. Il lui comprima de nouveau les carotides pour prolonger son KO, puis il le déshabilla entièrement, lui attacha les poignets dans le dos, entrava également ses chevilles et le bâillonna à l'aide du chèche qu'il avait perdu.

À cet instant, le Turc gémit et le Chasseur crut qu'il se réveillait encore. Mais ce n'était qu'une fausse alerte. Alors, il le porta jusqu'au tonneau, le fit glisser dedans. Les maigres jambes plièrent, mais les genoux furent aussitôt arrêtés par la paroi en résine et il resta ainsi, bloqué, à demi accroupi, la tête dépassant tout juste à l'air libre.

Il dormait toujours.

Méthodique, le Chasseur enroula soigneusement son propre chèche sur le bas de son visage, désactiva la vision nocturne de l'I.L-System dont il se protégea les yeux, alla chercher un des sacs qu'il avait ouverts. Il le porta jusqu'au tonneau, en fit basculer le col par-dessus le rebord et une poudre d'un beau rouge-orangé commença à se déverser dans le fût. Quand le sac fut vide, il alla en chercher un autre et répéta l'opération jusqu'à ce que la belle poudre rouge arrive au niveau des épaules du Turc. Enfin, tandis que Sorgü commençait à battre des paupières en poussant des grognements étouffés, il alla remplir le seau au robinet qui gouttait et revint se planter devant le tonneau.

Juste à l'instant où Sorgü ouvrait enfin les yeux.

Des yeux tout d'abord complètement égarés, mais au fond desquels s'alluma presque aussitôt la lueur de panique déjà perçue plus tôt. Puis il baissa les yeux, comprit ce qui se passait, se mit à gigoter comme un fou. Sans autre résultat que de faire voler la poudre rouge autour de sa tête. Ses petits yeux fourbes s'emplirent instantanément de larmes et il se mit à tousser sous son bâillon.

Sol le laissa se calmer, puis, toujours avec la même expression d'indifférence glacée sur ce qui était visible de sa face de marbre, il éleva le seau dans la lumière pour faire couler un filet d'eau dans le tonneau.

Sous le bâillon, Sorgü poussa une série de rugissements.

Une nouvelle fois, le Chasseur le laissa se calmer, puis, d'une voix déformée par le chèche, il déclara d'un ton égal :

— Je vais détremper cette poudre de piment.

— Hooonnn ! rugit encore le Turc en roulant des yeux déjà gonflés.

— D'abord, poursuivit le Chasseur, tu ne sentiras presque rien. Puis ta peau va s'amollir et la brûlure viendra.

— Hoooonnn !

— Et tu commenceras à vraiment souffrir. D'abord les parties sensibles du corps, puis tout le reste. Un des pires supplices.

— Hoooooooonnn !

— Tu as compris, Amal. Je suis content, fit Sol, toujours aussi glacé. Maintenant, tu choisis. Tu parles, je repose le seau ; tu décides de te taire, je verse l'eau.

Il marqua une courte pause, laissa tomber :

— Tu as dix secondes.

Sol se mit à compter. Très loin au fond de lui, il avait horreur de ce qu'il faisait. Mais comme beaucoup de ses semblables, Amal Sorgü avait juré fidélité à Dante après avoir été gracié une première fois. Par ce même Dante qu'il venait à nouveau de trahir. Il n'y avait plus de pardon possible. C'était la loi de Dante. Celle de l'honneur.

120

— ... sept... huit... neuf...

— Hoooooonnnn !

Sol releva la tête.

— Tu veux parler ?

— Hon !

— Sans chercher à crier ?

— Hon !

— D'accord.

Le Chasseur reposa le seau, dénoua le bâillon de Sorgü qui se mit à tousser et à pleurer comme un damné. Sans le chèche et l'I.L-System, Sol en aurait fait autant. Il attendit patiemment que la quinte se passe, puis, s'écartant du léger nuage rouge-orangé qui subsistait autour du tonneau, il questionna :

— Pour qui as-tu trahi Dante ?

— Je... je n'avais pas... le choix, haleta le receleur. Pas le choix. Ils m'ont menacé de..., ils ont dit qu'ils mettraient le feu à ma boutique ! Que je serais arrêté pour recel ! Qu'ils pourraient même aller jusqu'à... me tuer ! Un accident, qu'ils ont dit !

— Qui ça ?

Le Turc vomit, pleura, éternua. Sol fit mine de lui réenfoncer le bâillon dans la bouche pour qu'il se décide à lâcher :

— C'est..., c'est le...

Sorgü toussa de nouveau, cracha, toussa encore en émettant des sifflements bronchiques assez insupportables. Ses yeux semblèrent prêts à jaillir de leurs orbites et son teint olivâtre vira à la couleur aubergine. Sol ne lui laissa pas le temps de se remettre. Élevant une nouvelle fois le seau au-dessus du tonneau de piment, il insista d'une voix égale :

— Qui ?

— Le..., le SL !

Le Syndicat des libertés ! Une esquisse de sourire polaire étira les lèvres de Sol sous le chèche. Aveux qui confirmaient ceux de Phra. Si le SL commençait à utiliser des armes de mafioso...

— Comment c'est arrivé ?

Nouvelle toux, puis, la voix cassée et les yeux sur le point d'exploser, le Turc avoua :

— Un..., un jour quelqu'un de chez eux est venu. Il m'a dit qu'ils savaient.

— Qu'ils savaient quoi ?

— Que Dante m'avait gracié et que je lui avais... juré fidélité. Il..., il m'a dit aussi que je pouvais me libérer de Dante. Que je n'avais qu'à aider le SL dans sa tâche d'assainissement. Il m'a dit qu'il s'appelait Cox. *Herr* Cox. Il m'a dit qu'il serait désormais mon « traitant » et que je n'aurais affaire qu'à lui. Il me suffirait de dénoncer les Chasseurs qui prendraient contact avec moi. Pour ça, il me paierait. Beaucoup.

— Ensuite ?

— Alors...

— Alors ?

— Alors, je l'ai cru, graillonna misérablement le Turc en crachant dans la poudre de piment. Je l'ai cru et l'ai dénoncé. Je n'avais pas le choix !

— Dénoncé ?

— J'ai..., j'ai dénoncé ce Chasseur ! Ce... Mercure, qui comme vous était venu retirer sa mallette chez moi. Je ne voulais pas qu'ils le tuent. Cox m'avait juré...

Mercure ! Un des meilleurs Chasseurs de Dante ! Des dizaines et des dizaines de *Black Rings à* son actif. Un héros.

Ainsi, Mercure avait été vendu par Sorgü. On avait retrouvé son cadavre dans l'Elbe. On l'avait cru tué par celui qu'il était venu chasser à Hambourg, il l'avait été par les tueurs du SL ! Deux ans déjà. Une éternité.

Subitement, Sol se sentit glacé de l'intérieur.

Ceux qui se disaient les défenseurs des libertés avaient fini par basculer dans le gouffre sans fond de la violence. Sol n'était même pas en colère. Il se sentait seulement triste. Énormément. Il hocha lentement la tête, fixa l'image à cristaux liquides que lui renvoyait l'I.L-System. Sorgü était lamentable. Presque pitoyable. L'humanité était parfois si laide ! On se prenait à souhaiter que le grand Déluge s'abatte sur elle. Envie de la voir disparaître à jamais. Pourtant, il fallait continuer. Se battre encore et encore. Sol irait donc jusqu'au bout.

Sans doute jusqu'à la mort.

Comme Mercure. Comme tant d'autres encore.

— Ce « traitant », ce *herr* Cox, tu le contactes comment ?

— Par..., par Computel. Je lance un message et il vient me voir.

— Seul ?

— Non. Avec...

Sorgü se tut subitement. Comme s'il avait trop parlé. Sol tiqua. Il avait compris. De sa voix presque douce, il encouragea :

— Tu veux dire que tout à l'heure, c'est lui qui a frappé à ta porte ?

Le Turc ne répondit pas tout de suite. Mais malgré la cuisance naissante que lui infligeait la poudre de piments, il tremblait comme une feuille. Brisé. Il finit par hocher la tête et il avoua d'une voix presque inaudible :

— Oui.

— Et il est venu avec un tueur, n'est-ce pas ? Peut-être avec plusieurs.

Nouvelle hésitation du Turc, puis :

— Oui. Peut-être plusieurs. De vrais robots. Des exécuteurs sans âme. Ils me font peur. Comme..., comme vous.

À cette différence près que Sol avait une âme. Une âme qui le torturait quand il devait tuer. Même quand il s'agissait des pires ordures que la Création ait pu engendrer. Mais ça, personne ne devait le savoir.

Sauf Dante. Peut-être.

Maintenant, l'ordinateur du cerveau de Sol avait passé la vitesse supérieure. Déjà, tous les cas de figure concernant cette dernière donnée du problème y défilaient. De nouveau glacé, il questionna :

— Pourquoi sont-ils venus ce soir ?

— Je..., j'ai alerté Cox.

— Pourquoi ?

— Parce qu'un de mes informateurs venait de m'appeler.

— Pour dire quoi ?

— Pour me prévenir qu'un..., qu'un Chasseur tournait dans son secteur.

Tiens, tiens !

— Son nom, à ton indic ?

Le Turc toussa encore. Misérablement. Puis il vomit encore et, levant enfin ses yeux méconnaissables sur Sol, il demanda :

— Si je vous le dis..., vous...

— Si tu ne le dis pas, je verse l'eau.

— Thaled ! haleta Sorgü. Hosni Thaled ! Le patron du *Red Bismarck*.

Sol l'avait bien sûr deviné. Il insista :

— Qu'a-t-il dit exactement ?

— Que..., que mon commis qui avait disparu cette nuit était retrouvé. Sans doute drogué. Thaled me demandait de venir le chercher. J'ai..., j'ai dit que je m'occupais de ça.

— Et puis ?

— Et puis..., et puis il m'a dit aussi qu'un envoyé de Dante était passé au *Red Bismarck* hier soir et que depuis, il avait peur.

— Et alors ?

— Alors..., j'ai dit que je m'occupais aussi de ça.

— Tu es très occupé, ironisa froidement Sol.

Il marqua un silence, avant de renseigner :

— Phra n'est pas drogué. On lui a juste injecté une dose de ça.

Il avait fait disparaître le P.2000 et venait d'exhiber le *Sting* sous les yeux larmoyants du Turc.

— Une injection d'oubli. Un puissant soporifique qui gomme les souvenirs immédiats.

Un éclair de fol espoir fulgura dans le regard de Sorgü. D'une voix tremblante, il supplia :

— D'accord, d'accord ! Faites..., faites pareil sur moi ! Comme ça, je pourrais plus vous trahir. Jamais ! J'oublierai tout !

Le Chasseur hocha lentement la tête, parut hésiter, finit par poser l'embout translucide du *Sting* à la base du cou de Sorgü.

— D'accord, dit-il. Tu vas oublier.

Son pouce enfonça un petit curseur situé sur un côté du *Sting* et des pastilles lumineuses de plusieurs couleurs défilèrent. Du blanc au rouge, en passant par le jaune, le rose et l'orange. Il appuya une seconde fois son pouce et le rouge demeura allumé.

— De la part de Mercure, dit-il.

Puis son index enfonça la détente du *Sting*.

La tête de *herr* Sorgü parut secouée par une décharge électrique et ses petits yeux larmoyants semblèrent jaillir de leurs orbites. Il s'affaissa dans la

125

poudre de piment, ouvrit une bouche démesurée sur ses chicots noirs et la garda ouverte.

Mort. Foudroyé par l'injection de cyanure.

Le Chasseur rempocha le *Sting* et, de sa voix grave et profonde, il souffla comme une confidence :

— Mon nom est Sol.

Un nom que le traître Sorgü ne vendrait à personne.

Le Chasseur resserra les pans de son ample manteau de synthécuir noir, réactiva l'I.L-System et alla éteindre la lumière. À cet instant, un glissement ténu se fit entendre quelque part dans son dos, et un léger cliquetis résonna dans le silence épais du dépôt. Sol se statufia, tourna la tête et la serrure de la porte s'inscrivit sur l'écran bleu de l'I.L-System. Une serrure qu'il avait refermée derrière lui en entrant, et dont le pêne se rétractait lentement. Quelqu'un allait entrer.

Le voisin de la cour ? Les tueurs de *herr* Cox ?

Réponse dans un instant.

CHAPITRE XIII

La porte était là. À moins de trois mètres. Hosni Thaled était à la fois fasciné et effrayé par ce simple rectangle laqué qui risquait à tout instant de s'ouvrir.

De s'ouvrir sur le Chasseur.

Car il avait dit qu'il reviendrait. Ce soir. Mais ce soir, tout était changé. Il y avait cet imbécile de Phra qui délirait dans les sous-sols du *Red Bismarck* et surtout, il y avait cette pastille beige. Le micro. Thaled le serrait dans sa paume à le briser. Comme pour se donner la volonté de réagir vite. Mais il n'arrivait plus à penser efficacement. Tout tournait dans sa tête à la manière d'un manège emballé. Fou de peur, il cherchait à comprendre comment cette saloperie avait pu arriver dans ses faux bouquins. Bien sûr, il y avait le personnel. Mais le Franco-Égyptien n'y croyait guère. Le Chasseur, hier soir ? Impossible. Thaled ne l'avait pas quitté des yeux. Aurait-il pu revenir pendant la fermeture du night ? Impossible aussi. Saada le « Mohican » ne sortait jamais. Il avait l'œil sur tout, veillait à tout et dirigeait son équipe de videurs d'une poigne de fer. Les employés du ménage ? Peu probable, car également surveillés par Saada. Surtout dans ce bureau. Et le « Mohican », Thaled pouvait compter sur lui. Il avait sorti son père d'une infecte prison d'Anatolie où il purgeait une peine de cinq ans de camp pour vendetta. Il était son âme damnée, il se serait fait tuer pour lui.

Il fallait chercher le mobile.

Pas compliqué. Le fric ou la vengeance.

La vengeance ! Il se souvint brusquement de la raclée qu'il avait infligée la veille à cette salope d'Iris. Sévère. Marquée et tout. Même qu'elle avait fait son baluchon aussitôt après et qu'il avait cru qu'elle ne reviendrait plus. Mais ce soir, elle était réapparue. À un moment, il l'avait vue d'en bas, en train de discuter avec une copine. Sur la passerelle. Il avait dû s'absenter quelques minutes du bar, et quand il était remonté à son bureau, Iris était en train de se trémousser sur la scène du niveau inférieur.

Iris. Ça ne pouvait être qu'elle.

Soudain, la rage balaya sa peur et il se rua sur la porte qui l'effrayait tant l'instant d'avant. Sur la passerelle, Saada le colosse leva des sourcils surpris en voyant sa mine défaite :

— Un problème, boss ?

Sans répondre, Hosni Thaled fonça vers les loges, pénétra comme un ouragan dans celle qu'Iris partageait avec deux autres topless. Cette salope n'était pas là. Elle dansait en bas.

À son entrée, une longue fille blonde et plantureuse sursauta. Entièrement nue sur le divan de repos, elle était en train de se vernir les ongles des pieds.

— Qu'est-ce que...

— Ta gueule ! gronda Thaled. Fous le camp !

Interdite, la fille hésita une seconde de trop et la gifle lui arriva sur le coin de la figure avant qu'elle comprenne ce qui se passait.

— Fous le camp !

Massant sa joue endolorie, elle partit à reculons, fixant le Franco-Égyptien d'un regard désorienté. En principe, Hosni Thaled ne frappait les filles que pour raisons professionnelles. Or, elle n'avait rien fait de mal.

Sur la passerelle, elle fut réceptionnée par le « Mohican » qui, dans le doute, lui intima l'ordre de ne pas s'éloigner. Pendant ce temps, Thaled avait vidé la pochette en toilex qui traînait sur le plan de maquillage et qu'il savait appartenir à Iris. Il en sortit le contenu, poussa un étrange soupir contracté.

Il avait trouvé.

Un minuscule dictaphone. Tout au fond de la pochette, sous un paquet de kleenex. D'un coup, son calme était revenu. Glacé de rage intérieure, il considéra tour à tour l'appareil et le micro, approcha sa bouche de ce dernier, lança une courte phrase à voix basse, nota que le mince rayon lumineux se déplaçait sous la fenêtre en plexi de l'engin. Son reflet dansait sur le minilaser-disc doré.

Sa voix avait déclenché l'enregistrement.

Système *voice operated recording*.

Toujours aussi glacé, il empocha l'objet, remit les affaires d'Iris dans la pochette et referma cette dernière. Puis ramassant les affaires de la blonde qu'il venait de gifler, il les jeta sur la passerelle en criant pour couvrir la sono :

— Casse-toi ! J'ai assez vu ton gros cul.

Ce qui était très injuste, car elle avait une très belle chute de reins. Mais Thaled ne tenait pas à ce qu'elle raconte la scène à Iris.

Il réintégra son bureau, s'y enferma, se laissa tomber dans le profond fauteuil de cuir et ressortit l'enregistreur de sa poche. Il en poussa le curseur « play » et une voix s'éleva dans la pièce.

La sienne.

Il écouta attentivement. Deux fois. Puis il arrêta le dictaphone, laissa son regard noir se perdre dans la blancheur de la moquette, se mit à réfléchir. Vite.

Quand sa décision fut prise, il sut que c'était la seule possible. La moins mauvaise.

— Saada !

Il avait hurlé pour couvrir la sono démente du *Red Bismarck*. Comme s'il n'avait attendu que cela, le « Mohican » apparut sur le pas de la porte.

— Boss ?

Thaled lui fit signe d'approcher, ordonna d'une voix sans réplique :

— Je veux que cette salope d'Iris soit désormais surveillée nuit et jour. Trouve quelqu'un. Tout de suite.

Le « Mohican » hocha la balayette qui lui servait de tête.

— *Grün-Helm* fera ça, dit-il. Je m'en occupe.

— En attendant, reprit Thaled, démerde-toi pour qu'elle ne remonte pas dans sa loge avant une demi-heure.

Le colosse avait trop l'habitude des combines tordues de son patron pour s'étonner. Il rejoua de la balayette à cheveux et s'éclipsa en douceur. Hosni Thaled enfonça une touche du clavier de commandes qui se trouvait sur son bureau et la serrure de la porte fit entendre un déclic soyeux. Verrouillée. Ensuite, il se laissa aller contre le dossier de son fauteuil, ferma les yeux un moment pour se concentrer et, ayant mentalement révisé son texte, il alla remettre le micro-pastille dans le livre factice de la fausse bibliothèque. Puis, réinstallé dans le fauteuil, il se mit à parler. Avec, çà et là, des plages de silence judicieusement réparties. Comme s'il téléphonait.

Même désespérée, une situation pouvait se retourner.

Il suffisait de faire marcher ses méninges.

D'abord, prendre l'avantage.

C'était la première chose qu'on avait apprise à l'aspirant Chasseur qu'avait été Sol. Ne jamais laisser l'initiative à l'adversaire. Quels que soient les circonstances et l'environnement, il y avait toujours moyen d'en tirer parti.

Pour Sol, c'était maintenant devenu un réflexe.

En deux gestes automatiques, ses mains s'étaient déjà activées. La droite avait fait jaillir l'Automat-Sig-Sauer P.2000 de sa gaine et la gauche s'était refermée sur le tube en PVC qui allait du commutateur électrique aux lampes du plafond. Tels des serres, ses doigts se replièrent et rien alors n'aurait pu les faire lâcher prise. Quand le tube en PVC s'arracha du mur, il y eut un petit jaillissement d'étincelles, accompagné d'un léger crépitement et ce fut tout.

Maintenant, l'obscurité était le royaume du Chasseur.

Il était temps. Sur l'écran bleuté de l'I.L-System, il vit la porte de la cour frémir et s'entrouvrir lentement. Puis le canon d'une arme apparut, gros et court, souligné d'une épaisse protubérance cannelurée. Le garde-main d'un fusil à pompe.

Winchie-Grip-Contender. Calibre douze.

Il suffisait d'une ou deux secondes à Sol pour identifier n'importe quelle arme. Cela faisait aussi partie de l'instruction. Pour savoir immédiatement à quel type de danger on était exposé.

Celui-là pouvait être multiple. Comme le légendaire Spas-Compact PA 33 du Chasseur au catogan, le Winchie-Grip-Contender pouvait tirer tous les types de cartouches. Du plomb de chasse à la balle à ailettes au carbonium, en passant par la chevrotine d'acier à fragmentation de type « tartare ». Sol connaissait le pouvoir destructeur d'un tel engin. Une efficacité ravageuse contre laquelle même les terribles 44 Magnum auto-écrasantes du P.2000 risquaient de ne pas faire le poids. Surtout en combat rapproché.

Mais il fallait d'abord voir.

— Sorgü ?

La même voix que tout à l'heure. Avec l'accent arabe. Suivit un long silence, durant lequel la porte ne bougea pas d'un millimètre. Les autres se méfiaient. Puis soudain, le panneau fut rabattu contre le mur et une silhouette bondit très vite à l'intérieur pour se tapir aussitôt près du sol.

— Sorgü ! Tu es là ?

Un autre silence, puis une deuxième silhouette apparut fugitivement dans le cadre plus clair de la porte. Elle aussi armée d'un shot-gun. Sol se garda bien de bouger. Grâce à l'I.L-System, il pouvait voir presque comme en plein jour. Une image comparable à celle d'un récepteur TV du siècle dernier. Avec un scintillement légèrement plus fort. Le deuxième type avait sauté dans le hangar, du côté opposé au premier. Vêtus d'amples vestes sombres et de pantalons très larges, ils avaient l'air de deux frères. Même morphologie, même fluidité du mouvement, même façon de tenir leurs armes. D'où il était, le Chasseur aurait déjà pu les tirer tous les deux. Mais il avait toujours répugné à ces méthodes expéditives sans être menacé. Or, pour le moment, rien ne prouvait qu'ils lui voulaient du mal.

— Sorgü ?

D'abord, ne pas rester près du commutateur. Ils allaient sûrement chercher la lumière. D'un bond silencieux, Sol se jeta à l'abri des sacs. Aussitôt, comme s'il n'avait attendu que cela, un des inconnus se redressa à demi. Puis, couvert par son compagnon, il se faufila presque sans hésiter jusqu'au bouton électrique.

Sol avait bien analysé. Sur l'écran bleuté de l'I.L-System, il vit nettement la main du type explorer le mur et s'approcher du tube arraché. Il connaissait les lieux.

— Ahhh !

Ç'avait été plus fort que lui. Le traumatisme habituel de l'électrocution. Cette fois, ç'avait été une vraie gerbe d'étincelles. Le compteur avait dû disjoncter. Sol avait vu le type sursauter violemment, arracher sa main du mur en reculant. Dans le même temps, son acolyte avait plongé au sol, arme braquée devant lui. Sans tirer.

Des pros.

— Problème ?

La question venait de dehors. Les deux types n'étaient pas seuls. Sol s'en était douté.

— *No problem,* lâcha celui qui venait de prendre le jus. *Light out.*

Toujours l'accent arabe.

Avec les incessants conflits armés du Golfe et du Moyen-Orient, il y avait maintenant pléthore de postulants sur le marché parallèle de la mort violente. Dans ce domaine, les « torpedos » libanais, syriens, palestiniens, irakiens et autres iraniens excellaient.

133

Des spécialistes rompus à toutes les formes de combat. Sans peur et sans états d'âme. Des robots.

Ce fut de nouveau le silence. Celui qui s'était électrocuté avait repris son sang-froid. Un commutateur abîmé ne signifiait rien. Il s'accroupit au sol et le Chasseur le vit se fouiller. L'instant d'après, il élevait le bras le plus haut possible et le pinceau aveuglant d'une minitorche transperçait l'obscurité. Simultanément, celui qui attendait près de la porte bondit en avant, plongeant entre les sacs. Opération qu'il répéta deux fois, avant de disparaître à la vue de Sol. Celui-ci se dit que la situation risquait de s'éterniser, quand il entendit nettement un juron étouffé, suivi d'un son mat et d'un bruit liquide.

Le seau d'eau.

Puis une deuxième lampe s'alluma et un second juron s'éleva. Le Chasseur comprit que l'autre avait trouvé Sorgü. Puis il y eut une explosion assourdissante et une grêle d'acier ricocha sur les murs. Sol se tassa dans sa cache.

Le type avait craqué.

Égarement qui ne dura pas. Aussitôt ressaisi, il cria :

— Stop ! *No problem.*

Personne n'avait répliqué à son coup de shot-gun, tout allait bien. Si bien qu'il pouvait réellement se croire maintenant en sécurité. Sol le vit réapparaître au-dessus des sacs et appeler son compagnon d'un rayon de sa torche. Ce dernier le rejoignit, poussa lui aussi un juron en découvrant le cadavre du tonneau.

— Bouge pas, dit-il. Faut prévenir Cox ?

Un nom qui résonna aux oreilles du Chasseur à la manière d'un glas. Un nom qui confirmait ses soupçons et qui lui ôtait tout scrupule.

Il avait bien affaire aux tueurs du SL.

CHAPITRE XIV

C'étaient les tueurs du SL.

Les *torpedos* qu'une institution en principe chargée de défendre les libertés humaines avait engagés.

Pour tuer !

L'enchaînement de la folie. De l'absurde. Et ces flingueurs étaient apparemment venus en force. Pour Sol, tuer était un acte grave, crucifiant. Mais il fallait réagir. Tout de suite.

Le reste se déroula si vite qu'aucun des deux tueurs ne réalisa vraiment ce qui se passait. Jaillissant d'entre les sacs comme un ressort, le Chasseur dressa son immense silhouette noire dans le gris de la pénombre et le terrible Automat-Sig-Sauer toussa.

Deux fois.

À dix mètres de là, les deux crânes encore penchés sur le cadavre de Sorgü furent frappés de plein fouet. Avec une force qui les rejeta violemment sur le côté. Puis tout s'immobilisa une demi-seconde et les boîtes crâniennes semblèrent se disloquer. L'une d'elles s'ouvrit comme une pastèque trop mûre, libérant autour d'elle des geysers rouges et grisâtres où se mélangeaient aussi des esquilles d'os. Presque dans l'alignement, la deuxième tête parut devoir rester comme elle était. En réalité, ressortie par le temporal gauche, la monstrueuse auto-écrasante de 44 avait emporté tout le côté invisible du crâne dans sa course folle. Malheureusement, un des tueurs avait décidément trop de réflexes. À l'infinitésimal instant de l'impact mortel, son index avait instinctivement enfoncé la détente du Winchie-Grip.

Il y eut un nouveau coup de tonnerre, des billes fracassèrent du verre invisible et l'une d'elles vint s'enfoncer dans un sac, tout près de Sol. Ensuite, il y eut d'autres bruits. Plus sourds. Ceux des corps qui s'effondraient enfin. Aussitôt, une cavalcade résonna dans la cour et deux autres silhouettes plongèrent dans le cadre plus clair de la porte. Elles roulèrent au sol, silencieuses et souples, disparaissant derrière des empilements de caisses. De son côté, le Chasseur avait déjà escaladé une pyramide de sacs. Ignorant quels effectifs l'attendaient dans la cour, il avait opté pour la méthode « fluide ». Souple et silencieux, il rampa sur son matelas aux odeurs d'Orient, passa une tête prudente en surplomb et regarda sous lui. Sur l'écran bleuté de l'I.L-System, il vit nettement les deux silhouettes, nota au passage qu'elles étaient également armées de Winchies-Grip.

Les tueurs du SL ne faisaient pas dans la dentelle.

— Un et Deux, répondez ?

Le type appelait ses prédécesseurs. Il pouvait toujours s'égosiller. N'obtenant pas de réponse, il lança :

— Trois, en couverture.

— Affirmatif, envoya l'autre flingueur.

Celui qui avait lancé l'ordre se rua de nouveau dans le cadre de la porte et disparut. C'était le moment. À condition de faire vite. Le Chasseur rengaina le P.2000, tira le Bull Survival de son étui de mollet et plongea. Une sorte de saut de l'ange qui ressemblait à une « sortie » de para. Il atterrit sur le tueur au moment où celui-ci se redressait, alerté par son instinct. Sol ne lui laissa aucune chance. Il bloqua le bras armé, tira la tête du type en arrière et, tranchante comme celle d'un rasoir, la lame du Bull incisa la peau du cou offert. Juste ce qu'il fallait pour être persuasif.

— Combien, dehors ?

En arabe. Pour être sûr d'être compris. Contre le Chasseur, le torpedo respirait à peine. L'odeur de la peur émanait de lui. Sol souffla :

— Vite !

En appuyant un peu sur le couteau.

— Tr... trois.

— Cox ?

Hésitation, puis :

— Lui... et deux autres.

Le mystérieux Cox était là. Parfait. Sol insista :

— Numéro Quatre. En plus ?

— En... en plus.

— Postés où ?

— Cox..., et un homme..., dans la cour. Un sur le toit.

On ne pouvait se montrer plus précis.

— Sympa, souffla de nouveau Sol. *Danke.*

Puis d'un revers de poignet, il trancha le cou. Un des actes de mort les plus éprouvants. Mais il n'avait pas le choix. Ces hommes étaient des tueurs et il le savait à présent, ils étaient à Hambourg pour se payer sa peau. Sous les ordres de *herr* Cox.

Le moribond fut secoué par un chapelet de spasmes, dont le dernier faillit lui permettre d'échapper à la poigne du Chasseur. Mais déjà, des pas feutrés annonçaient une nouvelle approche de l'adversaire. Arrosé de sang, le Chasseur dut s'écarter pour se fondre dans l'ombre. À la même seconde, un bras passa dans l'ouverture de la porte et balança un objet qui tomba loin à la gauche de Sol. Une grenade. Avec tous ces sacs, il fallait vraiment viser. Mais au lieu de l'explosion attendue, il y eut un chuintement filé, suivi d'une gerbe d'étincelles qui retombèrent un peu partout, enflammant instantanément la toile des sacs.

Des *fire-stars*.

Le Chasseur connaissait ce type d'engin. Phosphore suractivé. Dans une minute, tout le bâtiment serait la proie de flammes dévastatrices. Un essaim de lucioles grésillantes fondit soudain sur lui et il sentit comme des dents brûlantes mordre son poignet gauche. Déjà, le bas de son pantalon s'enflammait. Il allait brûler comme une torche. Il se frappa vigoureusement la jambe, jugula le feu de justesse et d'un bond, il fut au bas de l'escalier. D'un autre, il fut en haut. Là, plaqué à la paroi de planches, il prêta l'oreille.

Rien.

Automat P.2000 en main, il jaillit dans le grenier, se jeta sur le parquet, prêt à faire feu.

Personne.

Il se redressa, fonça vers le vasistas du coin-cuisine. Juste à la seconde où il s'ouvrait.

Le tueur du toit.

Stoppé net, Sol se glissa dans l'ombre de la soupente, vit un canon d'arme s'inscrire dans le cadre, puis le sommet d'une tête. D'un même mouvement, sa main gauche crocha les cheveux du tueur, tandis que la droite enfonçait le gros réducteur de son de l'Automat dans l'œil de l'intrus.

138

La détonation ne s'entendit pas plus qu'un éternuement de nourrisson, mais la tête du tueur parut vouloir s'arracher à la prise de Sol. Celui-ci tira le cadavre vers lui, le fit choir à ses pieds.

En bas, déjà l'incendie faisait rage.

Avec l'huile et les diverses marchandises entreposées là-dessous, le secteur serait rasé en peu de temps. Demain, il ne resterait plus qu'à envoyer les bulldozers. Dommage. Sol avait toujours aimé ce qui s'accrochait au passé. Comme les bazars et les souks.

Comme Venise.

Mais la nostalgie attendrait. Ne pas s'éterniser. Le Chasseur attrapa une casserole, la brandit dans l'ouverture. Rien. Il y passa la tête. Juste une demi-seconde. Simple test. Rien. Il renouvela l'essai, même résultat. Apparemment, il n'y avait eu qu'un seul tueur sur le toit. Il se hissa enfin, roula sur la pente, achevant sa course contre une souche de cheminée. Là, Automat en main, il se ramassa contre la brique, prêt à tout. Mais rien ne bougeait. Lointains, des cris commençaient à s'élever de toutes parts. Bientôt, les *Bin* allaient arriver de partout. Le Chasseur n'avait plus beaucoup de temps. Il passa sur une terrasse, repéra une suite de balcons et de toits qui aboutissaient à une petite mosquée noyée dans d'épaisses écharpes de *jaune*. De là, d'autres terrasses descendaient pour aboutir à un escalier de jardin intérieur.

Son chemin de repli.

Il revint vers la cour de Sorgü, fouilla le secteur d'un regard circulaire, repéra un autre toit en contrebas. Il se laissa glisser sur les tuiles, en écrasa quelques-unes au passage, sentit un léger picotement dans sa poitrine.

Son cœur ?

Non. Son cœur ne le trahirait pas. La mort attendrait. Peut-être.

Soudain, alors qu'il arrivait à la lisière du toit, une voix cria sous lui :

— Arrosez !

En allemand. *Herr* Cox ?

Sol n'eut pas le temps de se poser plus de questions. On n'arrosait pas pour éteindre l'incendie. Des chapelets mortels de Winchie-Grip-Contender s'élevaient de partout. Les tueurs du SL avaient décidé de faire fort, pour le cas où il aurait eu l'idée de tenter une sortie par le bas. De toute façon, *herr* Cox devait déjà pavoiser. Personne n'aurait pu maintenant s'échapper d'un tel enfer.

Un incendie qui éclairait comme en plein jour.

Sol remonta l'I.L-System sur son front, se coula tout au bord du petit toit. Juste au-dessus d'une galerie circulaire dont les piliers soutenaient la charpente. Il localisa aussitôt les trois derniers tueurs.

Dont *herr* Cox.

Pas de doute possible. Vêtu d'un long manteau de cuir noir serré à la taille, il se tenait un peu à l'écart, mains dans les poches et le corps droit et raide. Très grand, la face blême et d'apparence maladive, la bouche en forme de trait de scie, blond filasse et presque chauve, il fixait la scène de ses petits yeux très enfoncés sous des arcades sourcilières exagérément proéminentes.

Quand sa haute silhouette s'inscrivit dans l'alignement de la visée de l'Automat P.2000, une esquisse de sourire mortel éclaira la face de marbre glacé du Chasseur. Le mystérieux *herr* Cox, son adversaire par contrat, était là. À une milliseconde de trajectoire pour la terrible balle de 44. Facile. Cette face livide et figée constituait une cible de choix.

Personnage dense et tendu. Propension à la torsion du buste à droite, tête et cou très développés, jambes et bassin serrés. Typologiquement à classer dans la catégorie hybride des types 1 et 7. Types « cérébral », froid et calculateur pour le premier ; « urinaire », compétitif et pugnace pour le second.

À la fois joueur d'échecs et bretteur.

Adversaire redoutable.

Mais Sol ne voulait plus tuer. Il était un Chasseur, pas un tueur. Toujours donner une chance au gibier. Il se redressa soudain dans la lumière sauvage de l'incendie et, jambes écartées, bras armé baissé le long du corps, il cria :

— Cox !

L'effet fut instantané. Trois têtes se levèrent et tout sembla se figer pour l'éternité.

Éternité qui ne dura qu'une seconde.

Ceux d'en bas étaient des tueurs. Conditionnés. Abrutis d'automatismes. Sol vit leurs bras armés se tendre vers lui et comprit que la mort allait jaillir. Alors, son propre bras se détendit et son doigt enfonça la détente du Sig-Sauer. L'arme tressauta dans son poing et, cinq mètres en contrebas, la tête du premier *torpedo* éclata littéralement sous le formidable impact du plomb auto-écrasant. Une véritable explosion de sang et de cervelle, comme cela arrivait parfois quand la lourde ogive percutait un crâne sur une de ses lignes de « rupture » naturelle. Avec la demi-tête inférieure qui lui restait, le *torpedo* fut brutalement propulsé en arrière et alla se fracasser un dernier morceau d'occiput contre un pilier de la galerie.

Sol avait déjà ajusté le tir suivant.

Et enfoncé de nouveau la détente de l'Automat. Un centième de seconde avant que le dernier tueur ne tire lui-même. Tandis que la 44 faisait sauter l'œil gauche du *torpedo* et lui vidait le cerveau par la nuque, Sol interceptait l'éclair qui fulgurait dans les prunelles enfoncées de *herr* Cox.

L'étonnement. Total.

De nouveau, la face minérale du Chasseur s'éclaira d'une esquisse de sourire absent. Puis tout se passa très vite.

Rapide comme l'attaque d'un crotale, la main droite de Cox avait jailli de sa poche de manteau, gantée de cuir noir. Sol vit le reflet des flammes sur l'acier de l'arme qui se levait vers lui, intercepta les mêmes reflets dans le regard froid et dur qui s'accrochait au sien.

Un regard qui n'oublierait jamais ses traits.

Herr Cox leva encore le canon de son arme, se raidit un peu plus et l'Automat P.2000 éternua pour la troisième fois. Le bras de l'homme au teint blême fut violemment rejeté sur le côté et l'arme aux reflets d'incendie s'envola dans une arabesque de boomerang. *Herr* Cox fit un pas en arrière, ramena son bras, et son autre main s'empara de la première comme pour la soutenir. Au passage, Sol put noter l'angle bizarre de l'index qui avait failli presser la détente. Complètement retourné vers le dos de la main. La bouche-cicatrice de Cox sembla encore rétrécir et dans le nouveau regard qu'il leva vers le Chasseur, outre la douleur, il y avait comme de l'égarement.

La 44 de l'Automat n'avait pas touché sa main.

Juste son arme.

Un égarement qui disparut aussitôt pour faire place à un froid absolu. Pourtant, Sol le savait, son index déboîté, voire fracturé par le pontet de l'arme arrachée, le faisait horriblement souffrir. *Herr* Cox était de la race des invaincus. Restait à savoir jusqu'où. Alors, le Chasseur se redressa et dans les rugissements de l'incendie, sa voix grave et profonde s'éleva :

— Cox ! Mon nom est Sol !

Un éclair passa dans les petits yeux enfoncés. Vite éteint.

— Je sais.

Le tueur au teint blême avait une voix cinglante et nasillarde. Désagréable. Sol reprit :

— Je t'épargne. Provisoirement.

— Pourquoi ?

— Un message. Pour tes employeurs.

— Quel message ?

Pas un pli de la face livide n'avait frémi. Maintenant, la foule arrivait de partout et une clameur sourde montait sur la *Corne d'Or*. Dangereux. Il fallait décrocher. Alors, le Chasseur annonça :

— J'accepte leur guerre. Elle sera totale.

Il marqua un temps, acheva :

— Va leur dire.

Dans les petits yeux sans vie, une autre lueur passa alors qui ressemblait à une promesse. De nouveau, l'esquisse de sourire apparut sur les lèvres de Sol. Il savait que cette promesse-là, *Herr* Cox passerait désormais le reste de sa vie à essayer de la tenir. Car c'était une promesse sacrée.

Celle de le tuer.

Personnellement.

CHAPITRE XV

— Écartez-vous ! Laissez passer !

Les deux portiers habillés de redingotes rouges essayaient en vain d'endiguer le flot à grand renfort de coups de gueule. Entreprise vouée d'avance à l'échec. La marée humaine des mendiants du vendredi était si compacte que les taxis désireux d'emprunter la rampe de l'*Altona Park* devaient rouler au pas pour n'écraser personne.

Ce soir, c'était la cohue. Pour revenir de la *Corne d'Or* au *Kaiser Alster Hôtel* où il avait enfin pu changer ses vêtements pleins de sang, Sol avait mis plus d'une heure. Puis au *Kaiser*, il avait trouvé le message d'Iris et, malgré l'heure tardive, il s'était transporté jusqu'à l'*Altona* où elle l'attendait.

Un parcours d'enfer dans une mégapole hyper-embouteillée.

On était le premier vendredi de novembre. Le soir *Solidaria*. Un jour que le SL avait fait déclarer comme étant celui de l'entraide et de la solidarité. Logique. En début de mois, les « actifs », ceux qui avaient un

145

emploi, étaient plus enclins à la générosité. Une bonne idée en soi, mais mal appliquée. Génératrice de troubles, voire d'émeutes. Parfois, ceux qui refusaient de donner aux mendiants étaient violemment pris à partie par la foule. Le monde de la misère était aussi infiltré par la pègre. Aussi valait-il mieux limiter ses déplacements en ville ces soirs-là.

Au volant de la Voxa, Sol se fraya tant bien que mal un chemin dans la muraille humaine pour accéder à l'entrée du parking. Au passage, il entendit des pieds rageurs frapper la carrosserie et, à travers sa vitre, il vit même une vieille femme édentée l'appeler en mimant une gourmande fellation avec son doigt. Atroce. Alors qu'au *Sankt Pauli Eros Center* de Sachsplatz, n'importe quel mâle esseulé pouvait s'offrir les services d'une superbe pute pour quelques écus seulement. Sol abaissa sa vitre, envoya une poignée de monnaie dans la foule, donna aussitôt un petit coup d'accélérateur en remontant la glace.

— Salaud ! Va te faire mettre !

Involontairement, il avait un peu coincé le doigt de la vieille mendiante. De quoi déclencher une guerre civile. Il accéléra encore, entendit quelque chose érafler la belle carrosserie. Encore classique. Les soirs *Solidaria,* les « inactifs » se vengeaient un peu en rayant quelques carrosseries. Plaisanterie bien innocente comparée au reste. Demain, dès l'aube, comme tous les premiers samedis matin du mois, les équipes sanitaires de la *Landpolizei* ramasseraient dans les rues jonchées de débris et d'immondices plus de cadavres que les autres matins.

Images ordinaires de la folie humaine.

Sol parvint enfin à pénétrer dans les sous-sols de l'hôtel où il confia la Voxa aux soins d'un des dix voituriers de l'*Altona*. Tous des colosses, tous escortés de chiens dressés à l'attaque. À Hambourg comme dans toute l'Europe, le vol de voitures était depuis longtemps devenu une des activités les plus lucratives. Une des moins punies aussi. Une semaine de *Yellow-Ring*, pour tout roulottier pris en *flag*.

Autant dire qu'il avait les compliments du tribunal.

Le Chasseur prit un ascenseur qui le déposa dans le *lounge* lisse et blanc de l'*Altona*, où une foule compacte de Japonais prenait les boutiques d'assaut. Arrivés deux heures plus tôt après un vol ATS Light Japan Airlines de quatre heures dix, ils appliquaient leurs méthodes touristiques avec zèle : rafler le plus possible de produits occidentaux de luxe. Il faut dire qu'ils repartaient en général le dimanche matin. Pour être en forme le lundi, à la séance matinale de gymnastique de l'entreprise. Là encore, Sol dut se frayer un passage en force... et avec courtoisie.

— Pardon.

Il avait failli renverser une espèce de naine aux cheveux vert foncé et aux grosses lunettes noires. À peine un mètre de haut. Avec son manteau gris et rapiécé trois fois trop grand, elle ressemblait à un épouvantail sans jambes. Évitant une nouvelle vague de Japonais, Sol franchit l'arche en marbre noir du *Bacchus*, rejoignit Iris dans le box où elle l'attendait.

— J'ai un enregistrement, annonça-t-elle dès qu'il fut assis.

Installée devant son habituelle eau fluovitaminée, elle portait une combinaison de syntex noir à rayures verticales rouge fluo. Pas exactement la tenue discrète de rigueur, mais ça allait avec son genre de beauté un peu canaille. Elle semblait tendue et ne cessait de lancer des regards inquiets autour d'elle.

147

— Problème ? questionna Sol.

Elle secoua la tête, soupira :

— J'ai horreur des soirs de *Solidaria,* dit-elle. Ça me fait peur.

Elle n'était pas la seule. Ce soir, beaucoup de Hambourgeois resteraient prudemment rivés à leur écran holographique. Sol commanda un Wasser-Mint au clavier de son fauteuil-club et attaqua :

— L'enregistrement ?

Elle ouvrit sa pochette de ceinture, lui tendit le dictaphone.

— J'ai juste écouté le début. Pour m'assurer que ça avait bien fonctionné.

Il enfonça le minicurseur « play », porta l'appareil à son oreille. Aussitôt, des bruits divers défilèrent, puis la voix d'Hosni Thaled résonna enfin. Claire et précise. Des ordres donnés au personnel, une succession d'entretiens téléphoniques sans rapport avec l'affaire Vilna Papen, puis, presque au milieu du minilaser-disc, un autre coup de fil :

— *Salut, Amal.*

Silence peuplé de parasites, puis de nouveau la voix désagréable du Franco-Égyptien :

— *Besoin d'un service. Pour un ami*

Nouveau silence. Plus court.

— *Je sais ! Je sais ! Je te dis que c'est un ami. Un vrai. Il faut que tu me retrouves la trace d'une fille. Une gamine. Vilna Papen. Vraisemblablement kidnappée par des hells. J'ai besoin de ça très vite. Je te l'ai dit, c'est pour un véritable ami.*

Encore une zone de silence, puis :

— *Entendu. Je te revaudrai ça.*

Il y eut encore deux coups de fil sans importance et le minilaser-disc se mit à tourner dans le vide. Sol l'arrêta, demeura songeur un moment. Ce qu'il

148

venait d'entendre ne correspondait pas exactement a ce que Sorgü lui avait avoué avant de mourir. Trop beau. Trop *clean*. Levant son regard anthracite sur Iris, il questionna :

— Tu dis n'avoir écouté que le début ?

Elle avala une gorgée d'eau fluovitaminée, hocha la tête.

— C'est ce que j'ai dit.

Il lui rendit l'appareil.

— Indique-moi jusqu'où.

Un peu décontenancée, elle porta à son tour l'engin à son oreille et écouta un moment, avant de le rendre à Sol.

— Jusqu'ici, dit-elle.

Il réécouta. Il ne s'agissait que de l'amorce des premiers coups de fil. Il lui rendit l'appareil, insista :

— Écoute la suite. Dis-moi si ça correspond à ce que tu as entendu dans ta pastille-écouteur.

Elle fit non de la tête.

— Pas la peine. Dans la pastille, je ne pouvais rien entendre. À cause de la sono du night.

C'était aussi bête que ça. Il insista encore :

— Tu n'as rien écouté en direct, alors ?

— Non.

Elle but ce qui restait dans son verre.

— Il faut que j'y retourne, dit-elle. Cette nuit, il manque une fille. J'ai trois tours à faire en plus. Mais demain, je pars.

Il l'arrêta d'un geste, lui remettant d'autorité le dictaphone en main.

— Il faut encore écouter. Enregistrer.

Elle fit la grimace.

— J'en ai marre. Je ne veux plus rester là-bas.

Une lueur dangereuse dansa dans le regard du Chasseur.

— Thaled a des soupçons ?

Elle secoua la tête, faisant onduler le casque de ses cheveux noirs.

— Non.

Il plongea ses yeux dans les siens, demanda :

— Encore un soir. Peut-être deux. C'est tout.

Il avait la voix profonde des gorges de l'Oberalp, le verbe doux du miel de Calabre et son regard de graphite lui fouillait l'âme. Elle se sentit brusquement devenir lourde et molle. Et chaude et liquide dans le ventre. Elle se dit qu'elle ne voulait plus rien voir, rien savoir, rien entendre de plus. Pourtant, elle soupira :

— D'accord. Seulement deux soirs.

Elle allait se lever, il la retint encore.

— Tu quittes la boîte à quelle heure ?

— Cinq heures. La fermeture.

— Je t'attendrai.

— Non, non !, s'écria-t-elle affolée. Si on nous voyait...

— Je serai où on s'est vu la première fois.

Au *pier* des anciens entrepôts des douanes. Iris hésita, hocha enfin la tête.

— D'accord. Cinq heures.

Elle partit aussitôt, fuyant le feu tranquille du regard de graphite qui lui faisait si mal. Subitement, elle avait peur. De tout. De la nuit, de *Solidaria,* de la foule, d'Hosni Thaled et du *Red Bismarck.* Peur de danser nue aussi.

Et surtout, surtout peur d'elle-même.

Sans le savoir, elle avait raison. Derrière elle, son destin la regardait partir. Un tout petit destin d'à peine un mètre de haut. *Grün Helm.* Casque vert. La naine aux lunettes noires.

CHAPITRE XVI

— Viens te battre, chienne *clean !*

Glissant sur les marches grasses pleines de détritus, s'écorchant les paumes aux aspérités du béton lézardé où elle essayait désespérément de s'accrocher, Vilna Papen sentait son cœur au bord de l'explosion. Un instant plus tôt, alors que la section entière des Tolls était en pleine orgie, « Roth » Face l'avait brutalement tirée du réduit en sous-sol où elle avait réussi à se cacher depuis la veille. Il l'avait battue et lui avait administré une de ces lancettes d'Hérosyntex trafiqué au rush qui la rendaient folle. Folle furieuse de l'intérieur. Au point de hurler dans sa tête tout en gardant un visage lisse et un regard innocent. Sur le moment, elle n'avait pas compris. Maintenant, elle réalisait que c'était pour la doper.

En vue de combattre.

Sans doute prévenu par son instinct et malgré sa patte blessée, Nestor s'était enfui dans les profondeurs des immenses locaux. Heureusement. Nestor

151

qu'elle avait *in extremis* réussi à sauver sa peau la veille en acceptant de lécher les semelles de son nouveau maître.

Heureusement aussi, elle avait eu le temps de cacher son arme. *In extremis.* Une arme qui n'en était d'ailleurs pas vraiment une. Plutôt un accessoire. Un « truc » utilisé pour les besoins d'un de ces holofilms à sensations dont elle raffolait et qu'elle avait vu quelques semaines auparavant. Mais elle n'était pas sûre d'oser faire comme dans l'holofilm. Ni même d'y arriver. En fait, elle voulait juste se rassurer.

Elle en avait besoin.

Maintenant, la traînant par les cheveux, « Roth » Face ricanait de plaisir. Abel Ström avait trouvé un nouveau jeu. Dingue, excitant.

« La gagne ».

Une suite d'épreuves destinées aux « trouées » de la bande et qui ressemblaient furieusement aux enivrants jeux de cirque de l'Antiquité. Le thème, des combats singuliers entre filles. L'enjeu, des lancettes d'Hérosyntex aux gagnantes.

Il y avait un stok à écouler. Celui de la pharmacie Küntz.

En réalité, tout ceci n'était que prétexte à amusement et à paris pour les mâles de la section toll. Le véritable intérêt de ces bagarres était le spectacle. Le genre de drame érotico-sanglant dont Abel Ström raffolait. Surtout les soirs de mégadéfonce comme celui-là. Vautré sur son trône en haut de l'estrade, il souriait aux scènes de lutte se déroulant devant lui. Un sourire qui ressemblait au rictus d'une hyène. Dans la lumière dansante et fumeuse des torches, la plaque de carbotitium de son front brillait de lueurs sauvages. À ses pieds, enfoncée dans un monceau

152

de coussins crasseux et caressant distraitement son hideux rat blanc, Bublie paraissait s'ennuyer.

— Amène-toi, salope, éructa « Roth » Face en débouchant dans la vaste salle. Tu vas te battre.

La petite foule de Tolls *speedés* jusqu'à l'os se tut d'un coup. Déjà captivée d'avance. Gagnée au spectacle qui se préparait. Car aucun mâle de la section n'aurait pu prétendre rester indifférent au charme de nymphette que dégageait inconsciemment Vilna. Avec ses grands yeux apeurés, ses cheveux emmêlés de sauvageonne, sa bouche un peu trop gourmande pour son âge et son corps androgyne, elle cristallisait tous leurs fantasmes. Ils avaient tous envie d'elle. Tous envie de la violer. Comme l'avait fait le Grêlé.

Quant aux filles, elles rêvaient de lui arracher les yeux. Car toutes savaient qu'Abel Ström était fou d'elle. S'il n'en avait pas profité après son viol par le Grêlé, c'était pour ne pas perdre la face. Mais depuis, on voyait bien qu'il n'était plus le même. On voyait aussi qu'il n'avait plus rien à faire de Bubblie.

Soudain stoppées dans le carré de cordes figurant le ring au milieu du dépôt, les deux combattantes regardaient arriver Vilna. Dans leurs yeux, la rage du pugilat s'additionnait d'une autre rage, la jalousie. Primaire. Celle des fauves.

Bavant d'avance d'un plaisir sadique, « Roth » Face propulsa Vilna au centre du local et hurla à la cantonade :

— Les paris sont ouverts !

Vilna roula à terre, s'écorcha les genoux sur le ciment râpeux. Dans sa chute, la mini qu'elle s'était cousue dans une vieille chute de synthécuir noir était remontée sur ses hanches. Dans le feu des torches, l'apparition de ses petites fesses blanches

153

fit monter la fièvre. Les cris reprirent de plus belle et le cours des paris se mit tout à coup à flamber.

Ce jeune corps inachevé déclenchait des passions.

Toutes les passions.

Dans la tête de Vilna, les sons se mélangeaient, créant une rumeur sourde et menaçante. À travers l'écran de ses cheveux retombés devant ses yeux, elle voyait briller les chromes des choppers dans le feu dansant des torches.

Là-haut, trônant sur son estrade, le géant au front bardé d'acier avait cessé de sourire. Dans ses petits yeux cruels fixés sur elle, il y avait maintenant d'étranges lueurs.

Des lueurs que Vilna connaissait bien. Des lueurs qu'elle avait déjà surprises dans ces mêmes yeux, quelque temps auparavant, à la sortie du Krugers Park.

Puis son regard descendit, effleura le crâne lisse de Bubblie, le visage sans fard, la grosse bouche peinte en violet et enfin les yeux. Des yeux qu'elle devinait derrière les verres fumés des immenses lunettes rouge fluo. Des yeux à l'expression si intense qu'elle pouvait tout y lire. Malgré les verres sombres. C'était d'ailleurs très simple. Il n'y avait qu'un seul message.

La haine.

Alors, d'instinct, aidée par sa lancette, Vilna comprit ce qu'elle devait faire. C'était fou, très dangereux et extrêmement aléatoire, mais c'était la seule solution à part celle du suicide. Elle se redressa lentement, ramena ses cheveux en arrière en un geste d'une féminité diaboliquement naturelle... et le silence revint.

Épais, tendu.

Enfin, crucifiant Ström d'un regard faussement innocent, elle accrocha un sourire angélique à ses lèvres trop gourmandes et déclara tranquillement :

— Je veux tuer Bubblie.

D'un coup, il sembla que le silence s'était fait encore plus épais. Comme si une coulée de plomb avait subitement noyé la scène. Figés dans des poses diverses, les Tolls considéraient Vilna avec des regards incrédules. Quasi bovins. Entre les cordes du ring improvisé, les deux combattantes haletaient doucement, immobiles elles aussi, regardant l'adolescente comme une Martienne. Tout était figé et on aurait pu croire que rien ne bougerait jamais plus. Puis, sur l'estrade, le trône de Ström fit entendre un léger grincement et la voix du géant s'éleva enfin :

— Qu'est-ce que tu as dit ?

Le ton était calme. Presque doux. Vilna avait gardé les yeux rivés aux siens et la lueur qui flottait toujours dans ces derniers la conforta dans son idée. Elle avait visé juste. Sous l'incrédulité du regard, il y avait un léger... très léger soupçon d'intérêt. Voulant ignorer la peur glacée qui lui fouillait les entrailles, elle répéta :

— Je veux tuer Bubblie.

Toujours aussi tranquillement.

Alors seulement, les regards qui s'étaient jusqu'alors accrochés à elle convergèrent en direction de la walkyrie aux lunettes fluo. Toujours assise sur ses coussins, celle-ci donnait l'impression de s'être momifiée. Au sens le plus approchant du terme. Même sa peau paraissait maintenant tirée sur les os de son visage et de son crâne. Lisse et brillante comme le marbre. Sa grande bouche violette ressemblait à une fleur vénéneuse et derrière les lunettes rouge fluo, il semblait cette fois que le

155

regard était mort. Plus le moindre reflet. Seul signe de vie tangible, la veine en forme de S qui battait sur sa tempe gauche.

— Tu veux tuer Bubblie, hein ?

— C'est ce que j'ai dit.

Intérieurement, Vilna était glacée de peur. Elle risquait deux fois la mort. Soit que Ström la tue sur place, soit qu'il accepte le défi et que ce soit la walkyrie qui l'écrase. Car Bubblie était forte. Bien que longiligne, sa musculature était impressionnante. D'où elle était, Vilna voyait maintenant frémir la chair ferme de ses bras et de ses cuisses. S'il y avait effectivement lutte, elle n'aurait pas une chance sur mille contre elle. Mais elle n'avait plus le choix et la lancette d'Hérosyntex imposée par « Roth » Face lui donnait encore l'illusion d'une formidable puissance intérieure.

— Pourquoi tu veux tuer Bubblie, Vilna ?

La voix de Ström était de plus en plus douce. On aurait dit un grand frère s'adressant à une sœurette un peu attardée. Mais dans ses petits yeux cruels, il y avait toujours cette lueur que Vilna connaissait. Plus évidente à mesure que passait le temps.

— Hein ? Pourquoi ?

C'était le moment crucial. Délicat entre tous. Ne pas convaincre gâcherait tout, trop en faire également. Vilna concentra toute sa volonté dans ce regard à la fois innocent et pervers qu'elle avait instinctivement mis au point et, fixant Ström avec insistance, elle asséna :

— Parce qu'elle vivante, toi et moi, c'est impossible.

Dans les rangs des Tolls, il y eut comme un vent de désarroi. Ils s'étaient attendus à tout, sauf à ça. Un grand maigre et boutonneux dont Vilna ignorait le

156

nom glissa sur sa selle de chopper et faillit tomber. Situation comique qui ne dérida personne. La tension était à son comble. De mémoire de Toll, on n'avait jamais vu ça.

Et on allait peut-être en voir plus.

Il suffisait que le président de section accepte le défi pour sa femme. Dans ce cas, les Tolls allaient se régaler. Bubblie en combat ! Ça les vengerait un peu de cette autorité qu'elle imposait sournoisement à leur chef. Car eux, ils avaient horreur de ça.

En fait, ils détestaient Bubblie.

Et c'est en le comprenant que Vilna avait tout doucement laissé germer en elle l'idée de lui souffler la place auprès de Ström. Entreprise dont elle savait qu'elle serait implicitement agréée par le groupe. Sauf par « Roth » Face, bien sûr. Mais ça, ce serait l'affaire d'Abel Ström. Si Vilna triomphait. Pari qu'aucun Toll sensé n'aurait tenu.

Le cerveau allégé par la lancette, Vilna pensait à tout cela sans quitter des yeux le regard de Ström. Un regard qu'elle avait une seconde cru voir légèrement chavirer. Mais Vilna Papen était encore trop jeune pour tout lire dans les yeux des hommes. Elle laissait son instinct la guider.

— Tu veux tuer Bubblie, hein ?

Ström avait lâché la phrase avec la même douceur dangereuse. Pourtant, il sembla à Vilna que le ton avait changé. Comme songeur. Peut-être pour s'en persuader elle-même, l'adolescente répéta :

— C'est ce que j'ai dit. Je veux la tuer.

C'était fou, invraisemblable. Mais si contre toute logique elle y arrivait quand même, elle aurait peut-être une chance de retrouver un jour la liberté. Elle serait devenue la femme de Ström et, à la longue, la surveillance se relâcherait.

157

Elle pourrait alors essayer de s'enfuir.

Dans le silence de plus en plus épais, une des torches fit entendre un souffle ténu qui ressemblait à un soupir. Figé sur son trône en ébène, Abel Ström semblait tout à coup plongé dans un songe intérieur. Mais dans ses yeux toujours rivés à ceux de Vilna, la lueur n'avait pas disparu. À ses pieds, silencieuse et hiératique, ignorant même les mordillements sournois que son rat blanc infligeait à son bras, Bubblie donnait l'impression de ne pas être concernée. Mais sous sa peau, les longs muscles frémissaient parfois, comme impatients.

Un interminable temps mort s'installa et Vilna sentait les effets de sa lancette régresser peu à peu. Si l'attente s'éternisait, elle ne serait plus capable de rien. Car les « crashes » qui succédaient aux lancettes trafiquées étaient terribles. Cela vous tombait dessus sans prévenir et on était instantanément transformé en loque humaine. Une descente aux enfers qui pouvait durer des heures.

— J'ai entendu, Vilna.

La voix de Ström avait résonné sous le crâne de Vilna à la manière d'un gong. Jusqu'à la douleur. Une souffrance qui commençait à s'irradier dans chaque fibre de sa chair. Dans les yeux de Ström, elle pouvait toujours distinguer la lueur caractéristique. Elle se dit qu'il fallait à présent faire très vite et elle questionna :

— Alors ?

— Alors, fit Ström dans un de ces rictus qu'elle détestait, alors, j'ai décidé de réfléchir encore.

Tandis que le cœur de Vilna manquait un battement, il élargit son rictus pour ajouter avec la même fausse douceur :

— Juste réfléchir un peu.

158

À cet instant, Vilna et Bubblie eurent enfin un point commun : toutes deux comprirent qu'Abel Ström s'amusait prodigieusement et qu'il avait décidé de faire durer le suspense.

Au même moment, Vilna réalisa qu'elle avait fait une bêtise.

Son « crash » arrivait maintenant au galop.

CHAPITRE XVII

Le n° 231 de Moldaustrasse n'était plus lisible nulle part, mais le petit immeuble rococo à trois étages était parfaitement identifiable. Encore plus décrépit que ne l'avait laissé entendre Schliemer. La plupart des balcons s'étaient effondrés et il manquait la moitié du toit. De chaque coté, les deux tours indiquées par le flic n'étaient plus que des ossatures métalliques rouillées où s'accrochaient de rares plaques de béton. Une petite pluie acide s'était mise à tomber, noyant le sinistre décor dans une brume aux écharpes mouvantes, et le manque d'éclairage public ajoutait encore à l'ambiance d'abandon. Pourtant, Sol le savait, ces zones apparemment inhabitées des grandes cités européennes grouillaient souvent d'une faune nombreuse. D'ailleurs, depuis son franchissement des limites de la *Todtzone*, il avait croisé plusieurs véhicules aux allures suspectes. Secteur du Schwarzland déclaré insalubre et dont les autorités avaient fait clôturer le périmètre de palissades, la circulation était pourtant

interdite dans la *Todtzone*. Décision systématiquement contournée. Surtout par les voleurs de voitures
dont les réseaux avaient judicieusement élu leurs
ateliers clandestins dans les immenses dépôts en
ruines. Si bien qu'en fait, les rues défoncées de cette
partie du Schwarzland étaient parfois presque aussi
fréquentées que le centre de Hambourg. Avantage
majeur : ici, on pouvait laisser son véhicule ouvert à
tous vents, personne n'y toucherait.

Trop dangereux.

Évidemment, la *Landpolizei* était censée y
patrouiller, mais ce n'était vrai que sur le papier.
Dans la réalité, elle n'y mettait plus les pieds depuis
longtemps.

Trop de morts. Chez les flics.

À l'instar des voleurs de voitures et autres populations interlopes, Sol avait franchi un des nombreux
points de passage « secrets » de la *Todtzone* en
payant son octroi. On n'était pas curieux, on tendait
seulement la main. Tarif fluctuant, mais toujours en
dollars. Discuter eût été imprudent. Outre le « cais-
sier », chacun de ces mini « Check Points » avait sa
milice. Quelques affreux, armés jusqu'aux dents et
le doigt sur la détente. Ici, on entrait au royaume de
la drogue, de la violence et de la mort.

Nanti d'un vieux plan acheté dans un drugstore
Tag und Nacht de Sankt Paulistrasse, Sol avait traversé une bonne partie de Hambourg et risqué le
lynchage « solidarien » pour finalement pénétrer
dans le ventre mou et sordide de la *Todtzone*. Puis il
avait encore roulé. Longtemps. Déambulé dans les
rues aux pavés ou au bitume défoncés. Il avait même
dû, par deux fois, effectuer un large détour à cause
de l'effondrement de certains égouts. Au risque de
précipiter la Voxa dans un des nombreux puits que

162

les mêmes tassements avaient occasionnés un peu partout et que rien ne signalait.

Enfin, il avait trouvé le repaire d'Hippocrate.

Fermé, aucune lumière.

Autour, ce n'étaient que ruines et ombres inquiétantes. Car bien qu'apparemment encore plus à l'abandon que les autres, le quartier semblait relativement fréquenté. Des bataillons de drogués erraient un peu partout, à la recherche du dealer bon marché. Ici, pas d'Hérosyntex. Uniquement coke, héro et « rush ». Par endroits, sur certains lieux d'anciens *deals,* on marchait littéralement sur les seringues usagées et les lancettes cassées. La *Todtzone* était le fond de l'enfer. De nombreux véhicules plus ou moins opérationnels s'alignaient un peu partout, dont certains étaient même dissimulés dans les profonds dédales qui s'enfonçaient dans les ruines. Sol ralentit encore, lança un regard sur la façade rococo, puis un autre, tout autour. Dans une camionnette d'un autre âge à laquelle il manquait une portière, deux types aux allures plus que suspectes le regardèrent passer. Dans les mains du conducteur, il y avait une grosse liasse de billets de banque. Sur ses genoux, un superbe shot-gun franco-britannique Webley COS Short à canon scié.

On traitait les affaires en confiance.

Le Chasseur enfonça la Voxa dans ce qui avait jadis été une ruelle, capot tourné vers Moldaustrasse. Pour repartir vite si nécessaire. La voie était déserte et donnait sur l'arrière du petit immeuble. Sol éteignit ses feux, s'équipa de l'I.L-System, tira l'énorme Automat-Sig-Sauer de sous son siège et le glissa dans sa ceinture. Avec le Survival enfilé dans sa botte et le *Sting* qui dormait dans la poche d'épaule du blousar, il pouvait voir venir.

De toute manière, il était venu sans illusions. Simple reconnaissance des lieux. À moins d'un coup de chance qui l'aurait fait trouver Hippocrate encore debout.

Sa sortie de voiture fit s'enfuir une colonie de gros rats gris. Il referma la portière sans bruit, grimpa silencieusement une petite colline de gravats, redescendit de l'autre côté pour bifurquer sur la gauche, en direction du petit immeuble rococo. Au passage, il surprit un couple enchevêtré qui s'en donnait à cœur joie dans une vieille Opel Sabbat déglinguée. Ses ébats déclenchaient des grincements de ressorts à réveiller tout le secteur. La fille poussait de petites plaintes aiguës qui ressemblaient à des cris de souris et ils ne s'aperçurent même pas du passage de Sol. Celui-ci contourna ensuite une épave de bateau dont on se demandait bien ce qu'elle pouvait faire là, se retrouva devant un mur aux trois quarts effondré où des barbelés avaient été mollement tendus. Propriété privée. Celle d'Hippocrate. Derrière les barbelés, un jardin en friche où une maigre végétation rabougrie tentait de survivre parmi des tas d'immondices. Comme pour bien indiquer qu'on ne faisait pas des barbelés une affaire d'État, un portillon en bois rongé par l'humidité s'ouvrait à l'angle du jardin. Clouée dessus, une plaque en tôle peinte indiquait :

« Consultations de 14 à 17 heures. Sauf dimanches et fêtes. »

Sol poussa le portail, foula des ordures, s'enfonça dans une allée bordée de taillis rachitiques dont les feuillages persistants étaient couverts d'abcès grisâtres. Un chat se sauva entre ses jambes en feulant, et loin quelque part, un bref cri de femme s'éleva dans la nuit. Ambiance franchement bucolique. Le

Chasseur allait retirer sa main venue comme par miracle se poser sur la crosse du P.2000 quand un frémissement électrique lui parcourut la nuque. Danger ! Déjà, il avait réempoigné l'Automat et son index se posait sur la détente.

— Stop !

Trop tard. À cause du chat, l'instinct de Sol avait été leurré. Juste un centième de seconde. Suffisant. Dans le même temps, un sinistre claquement métallique avait résonné dans la nuit. Tout près de lui. Sous le couvert des taillis.

— Stop !

Répétition. Une voix douce. Affreusement calme. Il y eut un froissement de feuilles vers la droite et sur l'écran bleuté de l'I.L-System, le Chasseur vit s'inscrire deux énormes canons. Monstrueux, sombres comme la mort.

À vingt centimètres de sa tête.

— Parle, salope !

Iris poussa un cri étouffé, sentit l'arrière de son crâne éclater contre le mur. Le terrible coup de pied lui avait écrasé l'estomac, la clouant littéralement au béton rugueux. Hoquetant sous la douleur, cherchant désespérément un air que sa bouche ne trouvait plus, elle avait l'impression hideuse de se vider entièrement.

— Parle ! cria encore la voix grinçante d'Hosni Thaled.

Les yeux emplis de larmes, Iris glissa le long du mur en s'arrachant la peau du dos, se retrouva assise par terre, les genoux ramenés devant elle, distinguant vaguement la silhouette grasse du petit mac. À coté, celle de Saada le « Mohican » était mons-

165

trueuse. C'était lui qui frappait. D'abord, pas très fort, puis de plus en plus, à mesure que Thaled s'énervait. Si ça continuait, Saada allait la tuer. Dans la chiche lumière de l'unique ampoule suspendue au plafond, la cave du *Red Bismarck* était sinistre. Avec ses murs de béton gris et nus, elle ressemblait à une cellule de prison. Ou à un monstrueux caveau funéraire. Tout au fond, à l'opposé de la porte et noyé dans l'ombre, une espèce d'échalas pustuleux au regard hébété était accroupi sur une natte en plastène effiloché. Dans sa face rongée par les chancres, les petits yeux noirs luisaient d'un éclat dément et ses lèvres rongées par l'humeur laissaient échapper un écœurant filet de bave. Suivant ce qui se passait sans paraître comprendre, il ne semblait intéressé que par le corps quasiment nu d'Iris. Un corps qu'il fixait d'un regard avide. Un regard de fou.

Thaled et Saada avaient cueilli Iris à l'issue de son cinquième passage sur scène, alors qu'elle avait à peine regagné sa loge. D'une seule gifle, le « Mohican » l'avait étendue. Raide évanouie. Après un temps qu'elle ne pouvait évaluer, c'était une autre gifle qui l'avait réveillée. Pour la plonger en plein cauchemar.

— Qui t'a donné ce matériel ?

Thaled avait soudain cessé de crier. Il s'approcha, s'accroupit devant Iris, posa ses mains potelées sur ses genoux. Elle faillit crier de dégoût, voulut lui échapper, mais elle était en train d'étouffer et le moindre mouvement lui était impossible. Enfin, un filet d'air parvint à se frayer un passage jusqu'à ses bronches et elle hoqueta de nouveau dans un spasme libératoire qui la secoua tout entière. Dans la lumière d'aquarium, les globes orgueilleux de ses seins frémirent, tandis qu'une goutte de transpiration commençait à sinuer entre eux. Le Franco-Égyptien lui adressa un sourire mielleux et un éclair avide passa dans ses prunelles sombres.

— Ahhhh !

Il venait de saisir le mamelon du sein gauche. Entre le pouce et l'index. Si fort qu'Iris eut l'impression qu'une tenaille lui sectionnait la chair. La bouche encore ouverte sur son cri devenu muet, elle haletait doucement, essayant de refouler la terrible souffrance.

Dans ses grands yeux gris pâle, il y avait comme une question. Une question qui ne s'adressait pas à Thaled, mais à elle-même.

Allait-elle tenir encore ?

— On t'a vue rejoindre cet étranger blond au bar de *l'Altona,* reprit doucereusement Thaled. On t'a vue lui remettre cet enregistreur. Qui est-il ? Que veut-il ?

Iris serrait les dents pour ne pas hurler. Sa haine la soutenait et elle avait envie de tuer. Mais la souffrance avait toujours raison des héros. Elle l'avait lu souvent et vu sur les écrans. Elle se dit que c'était dommage. Qu'elle allait encore beaucoup souffrir et qu'elle espérait en mourir avant de trahir. Elle se dit aussi que tout serait moins pénible, presque supportable, si elle parvenait à ne plus penser qu'à lui. Lui, l'homme aux yeux de calme orage, à la voix grave et profonde et aux phrases essentielles. L'archange blond au catogan et à l'étrange nom.

Sol.

Alors, elle ferma très fort les yeux et se dit plus fort encore que ces doigts torturants étaient ceux de cet homme. Elle se dit que mourir n'était rien et elle se mit à le souhaiter. Très fort aussi.

Alors, loin d'elle, comme perdue dans une brume de sons sidéraux et discordants, la voix de corbeau grinça :

— ... l'auras voulu, salope ! Lui, il va te faire parler.

Un silence, puis :

— Viens là, toi !

Suivirent des froissements, des bruits de pas, une succession de sensations, puis un contact sur ses cuisses. Comme des bêtes qui couraient sur sa peau nue. Iris pensa encore plus fort à celui qu'elle appelait du fond de son âme, et cela faillit marcher. Elle crut pouvoir tenir encore. Mais il y eut ce craquement sur sa hanche, cette impression de chair libérée. Le bikini. Arraché. Puis il y eut cette chose. Brûlante et visqueuse, qui s'engageait entre ses jambes.

Et surtout, il y eut cette haleine. Fétide. À vomir.

Alors, indépendantes et impérieuses, les paupières d'Iris se rouvrirent et dans la lumière glauque de la cave, elle comprit que l'enfer était là. Réel, hideux. Un enfer gluant de sueur et pustuleux qui s'était infiltré entre ses cuisses. Qui atteignait son ventre !

Phra. L'échalas couvert de chancres !

CHAPITRE XVIII

— Stop

La voix râpeuse avait raison. Ne pas bouger. D'abord savoir. Analyser. Gérer le danger.

Les deux canons étaient si énormes qu'ils en semblaient irréels. Mais le Chasseur était bien éveillé. Ces images synthétiques que lui envoyait l'I.L-System étaient celles de la vérité. Incontournable. Alors, froid et méthodique, l'ordinateur de son cerveau s'était mis au travail. Vite. De sa voix grave et calme, il renvoya :

— Pas de mort, c'est mieux que deux morts.

Hésitation, frémissement des canons, puis :

— Pourquoi tu dis ça ?

— Automat-Sig-Sauer 44 P.2000, récita le Chasseur. J'ai le doigt sur la détente. Tu tires, je tire.

Nouveau frémissement dans les monstrueux canons. L'un d'eux s'était relevé, menaçant Sol juste entre les yeux. Toujours aussi calme, celui-ci ajouta :

— Mes lunettes. Pour voir la nuit. Impossible de te rater.

Il perçut un très léger déclic et ressentit une crispation à l'épigastre. L'autre ne le croyait pas. Il allait tirer.

— Tu bluffes.

— Si tu veux parier...

Silence, puis :

— Bon. Recule.

Prêt à tout, le Chasseur obéit et sur l'écran bleu à cristaux liquides, il vit les feuilles bouger et les branches s'écarter en craquant. De grosses branches. L'une d'elles se rompit, comme sous l'inexorable poussée d'un pachyderme.

— S'tu fous là, toi ?

C'était un pachyderme ! Un véritable éléphant ! Comme on en voyait encore quelques rares spécimens dans certaines réserves africaines ou en Inde. Mais un éléphant transformé en homme. Immense. Une tête de plus que Sol et le reste à l'avenant. Costumé de sombre, avec une grosse tête rasée et des poings monstrueux. Des poings fermés sur les crosses de deux énormes B.K.Typhon CAWS. Des pistolets automatiques à chargeurs de poignée qui tiraient jusqu'à quinze coups en rafale. D'énormes cartouches CAWS contenant chacune huit grosses billes d'acier dentelé. Une munition qui avait été fabriquée pour alimenter le conflit frontalier sino-russe du début du siècle. Dévastatrice. Capable de pulvériser le tronc d'un arbre moyen.

— Qu'est-ce que vous foutez ici ?

Le colosse avait adopté le vouvoiement. Il venait de découvrir le mufle menaçant du P.2000 dans la main du Chasseur. Presque aussi impressionnant que ses B.K. Le genre d'engin qui classait son propriétaire dans la catégorie des pros. Respectable. Sol répondit :

— Je cherche Hippocrate.

— Il en écrase. Je suis son secrétaire.

Inattendu.

— Drôle de secrétaire.

— Je suis un secrétaire très spécial. Très attaché à son boss. Avec tous ces connards de drogués qui rôdent... Mais d'habitude, reprit le géant, pour voir Doc, on passe par devant. Pas par le jardin. Ici, tout le monde le sait. Le secteur est trop malsain.

Le « secrétaire » faisait évidemment allusion à sa propre présence. À celle aussi de ses deux tromblons. Pourtant, malgré sa voix rugueuse et sa stature d'enfer, quelque chose semblait décalé en lui. Sans doute à cause de ses sourcils épilés, de sa bouche ourlée comme celle d'une femme, de sa longue boucle d'oreille en forme de cœur et du foulard rose pâle noué autour de son cou. En fait, le monstre avait exactement l'air de ce qu'il était sûrement.

Un gigantesque homosexuel.

— Je ne suis pas d'ici, fit valoir Sol.

— Qu'est-ce que vous lui voulez, à Hippocrate ? Vous avez l'air en forme.

Il n'y voyait pourtant pas grand-chose. Sol renvoya :

— Besoin de renseignements.

— Vous êtes... flic ?

Le monstre avait hésité sur le dernier mot et Sol avait vu les canons des B.K. Typhon se relever derechef. Ici, la police n'était pas en odeur de sainteté. Il corrigea :

— Pas flic. Je vois Hippocrate, je pose une question. Si j'ai la réponse, je paie. En dollars.

On aurait dit un jeu, mais il avait prononcé la formule magique. Dollars.

Beaucoup de dollars ?

— Ça dépend de la réponse. Conduis-moi à Hippocrate, tu en auras aussi.

— Beaucoup ?

— Le temps perdu les fait fondre.

— Vous les avez là ?

— Pour me les prendre, il faut me tuer.

Un temps mort, puis :

— J'ai jamais rien volé. Restez là. Je vais voir si Hippocrate peut vous recevoir. Votre nom ?

On devenait mondain.

— Sol.

— Sol, comme...

— Comme.

Après un moment d'hésitation, le « secrétaire » souffla :

— Drôle de nom.

Puis il disparut.

Pour revenir dix minutes plus tard en jetant :

— Venez. Doc accepte de vous voir. Tâchez de faire court. Il travaille beaucoup, il est très fatigué. Et faites gaffe aux plantations. Doc essaye de faire pousser des trucs. Menthe et herbes aromatiques, qu'il m'a dit. La menthe devrait pas tarder à sortir. Si vous en écrasez, je vous flingue.

Menthe et herbes aromatiques ! Dans cet enfer de crasse et de désolation ! Sol était tombé chez les fous.

Ils pénétrèrent dans l'immeuble rococo par une porte blindée située à l'arrière du bâtiment. Tout de suite, l'odeur sauta aux narines de Sol. Crasse, sang, médicaments et vin. Des ampoules branchées sur des fils volants éclairaient un décor de catastrophe. Parquets défoncés, tapisseries murales arrachées, araignées et autres cancrelats en rangs serrés. Sol avait relevé l'I.L-System sur son front. À la lumière, il vit alors beaucoup mieux le visage de l'homo géant. Teint métissé, légèrement prognathe, mais un faciès de gladiateur antique. Brutal, presque beau dans sa grossièreté de traits.

Et maquillé.

Très peu. Juste un soupçon de bleu aux paupières et de grenat aux lèvres. Des lèvres épaisses, entre lesquelles on apercevait une dentition puissante et éblouissante. Sous les manches roulées de l'ample veste en synthécuir bleu nuit, deux avant-bras musculeux. Épais comme des cuisses.

Pas raffiné, mais belle bête.

— Qu'est-ce que Sodom me raconte ?

Après une succession de couloirs en ruines, ils venaient de déboucher dans une grande pièce très haute de plafond. Un vrai capharnaüm où s'entassaient toutes sortes de choses, mais surtout où des caisses en plastène étaient empilées les unes sur les autres. Pleines de bouteilles de vin. Vautré sur une méridienne d'un autre âge, un vieillard en robe de chambre également très antique considérait le Chasseur d'un regard exagérément rougi. S'il était fatigué, c'était sûrement à force de lever le coude. Sur le sommet de son crâne constellé de tavelures, un toupet de cheveux blancs pisseux se dressait comiquement et la malice qui perçait dans les yeux délavés plut à Sol. Ce dernier questionna :

— Qui est Sodom ?

— Moi, fit le géant.

Amusant. Et sans complexe. Mais pour ce qui était des drôles de noms...

— J'ignore ce que vous a dit Sodom, renvoya-t-il.

Le vieillard balaya la remarque d'un geste irrité

— Vous vous appelez vraiment Sol ? Comme soleil ?

L'envoyé de Dante pointa son pouce en direction du géant.

— Il s'appelle vraiment Sodom ?

— Oui, laissa tomber le monstre.

D'un ton très doux, mais définitif. Une esquisse de sourire froid naquit sur les lèvres du Chasseur.

— Alors, mon nom est bien Sol.

Un silence, puis Doc se gratta furieusement la tête en demandant :

— Que voulez-vous ?

— Poser une question.

— Sodom me l'a dit, bâilla le vieillard. Quelle question et combien de dollars ?

Avant que Sol ne réponde, il précisa très vite :

— Pas pour moi, les dollars. Pour Sodom. Je veux qu'il ne manque de rien. Quand on est pauvre, on peut faire des bêtises.

Philosophie discutable. Sol lâcha :

— Bonne réponse, mille dollars.

Une somme considérable dans cette région de Hambourg. Dans la *Todtzone,* on assassinait pour cent fois moins. D'ailleurs, le Chasseur n'avait pas rengainé le P.2000, mais ce détail ne semblait pas gêner Doc.

Il hocha sa tête déplumée, exigea :

— Montrez l'argent.

Tel un prestidigitateur, Sol fit apparaître un rouleau de billets. Doc le considéra un instant d'un air parfaitement indifférent, avant de soupirer :

— Posez votre question.

Sol demeurait sur ses gardes. Le nom qu'il allait prononcer pouvait déchaîner des passions regrettables.

— Abel Ström, lâcha-t-il, vous connaissez ?

— Non.

174

C'était net. Sodom n'avait pas bronché. Le Chasseur insista :

— Genre dangereux. On le dit à la tête d'une section importante de hells.

— Connais pas. Des hells, le Schwarzland, Hambourg, l'Allemagne et l'Europe en sont pleins.

Doc semblait sincère. Sol lança le rouleau de dollars sur la méridienne, insista :

— Trouvez-le. Sodom aura encore mille dollars.

Le géant ne bronchait toujours pas, mais le docteur fit valoir :

— Ça peut être très dangereux.

— Exact. C'est pourquoi je paie deux fois.

Un silence, puis la voix précieuse du colosse :

— Pourquoi le cherchez-vous, ce Ström ?

L'homme de Dante n'hésita qu'une fraction de seconde. Il fallait savoir évaluer les risques.

— Kidnapping. Une enfant de onze ans.

Nouveau silence. Tout pouvait se jouer maintenant. Dans n'importe quel sens.

— Quel genre, la gamine ?

Cette fois, la question émanait du « secrétaire ». Sol renseigna :

— Genre normal. Lycéenne studieuse et sage. Ils ont assassiné sa grand-mère. Chevrotines, dans la bouche.

Nouveau silence. Plus long, mais que Sol trouva moins tendu. Puis de nouveau Doc. Soupçonneux :

— Vous n'êtes vraiment pas policier ?

— Vraiment pas.

Le vieillard secoua sa tête déplumée.

— Vous n'avez pas l'air d'un privé non plus. Ceux-là ne s'occupent plus que des affaires de fesses. En fait, vous seriez plutôt une sorte de chasseur de primes.

175

Sans répondre, Sol questionna :

— Et pour Ström ?

Doc passa une main parcheminée dans sa barbe hirsute, finit par lancer :

— Sodom ?

— Entendu, laissa enfin tomber l'homo géant. Pour ce Ström, je vais essayer de savoir.

CHAPITRE XIX

Vilna tremblait. Elle était glacée de la tête aux pieds et avait l'impression que tout son corps était sur le point d'imploser. Une nausée sournoise lui révulsait l'estomac et sa vue se brouillait par instants.

Le « crash ».

Ce qu'elle avait tant redouté était en train d'arriver. Elle se transformait en loque. Dans une minute, elle se mettrait à hurler. À supplier qu'on lui fasse une de ces lancettes trafiquées dont les Tolls avaient le triste secret.

— Vilna ?

Elle sursauta comme si elle venait d'être mordue par un serpent. Levant des yeux déjà creux et hagards vers le trône de Ström, elle intercepta le regard de Bubblie à travers les verres fumés des lunettes fluo. Un regard glacé, haineux. Sur le bras de la walkyrie, le gros rat blanc avait l'air de l'observer aussi. Vilna était en plein cauchemar.

— Vilna ?

Abel Ström avait plongé son regard sadique dans le sien. Il donnait l'impression de lire en elle à livre ouvert. Il connaissait les effets du « crash ». Il savait donc que Vilna n'aurait aucune chance en se battant maintenant contre Bubblie. Pourtant, ce fut d'un ton presque affectueux qu'il articula :

— D'accord, Vilna. D'accord. Tu vas avoir l'occasion de tuer Bubblie. En tant qu'offensée, elle aura le droit de choisir les armes du duel.

Il observa un silence. Autour de son trône, les torches grésillaient doucement et les flammes oscillèrent dans un courant d'air frais et humide. Sur le même ton tranquille, le chef des Tolls laissa tomber à l'adresse de l'adolescente :

— Tue-la, et tu seras à moi.

Un autre silence, puis :

— Maintenant.

— Eh, lança soudain une voix dans le dos de Vilna. Et moi ! Je compte pour du beurre ?

« Roth » Face. Les mains aux hanches, il regardait Ström, mauvais.

— Toi, fit ce dernier, ta gueule !

— C'est ma femme, grinça « Roth » Face en faisant un pas en avant, menaçant.

— Je l'ai gagnée à « Klein » et j'ai le droit de la garder.

— Ferme ta grande gueule, « Roth », lâcha encore Ström. Ferme-la bien fort.

Sa voix avait baissé de deux tons. Dangereuse. Autour de la plaque de carbotitium, son front avait soudain semblé s'embraser. Puis de rouge, il passa au blême malsain et dans ses petits yeux méchants, un éclair de rage fusa. Dans le même temps, il avait arraché le gros automatique de sa ceinture. Dents serrées, il répéta doucement :

— Ferme-la, ou je t'éclate avec ça.

Son index était posé sur la détente de l'arme. Crispé. Une formidable tension régnait à présent sur l'ensemble des Tolls. Il suffisait d'un rien pour que le drame éclate. Du fond de son « crash », Vilna se prit à l'espérer. Avec un peu de chance... Mais « Roth » Face poussa un étrange soupir par le nez, donna un coup de pied rageur dans une canette de bière vide qui alla se briser contre un mur et il lâcha un grognement indistinct avant d'aller s'affaler au pied de son chopper. Maté.

Si Vilna avait encore nourri quelques illusions, elle les aurait définitivement perdues à cet instant. Déjà, magnifique et triomphante, Bubblie s'arrachait à ses coussins. Dans le silence de plus en plus dense, toisant l'adolescente du haut de l'estrade, elle déclara, pleine de mépris :

— Mes armes seront mes mains nues.

Elle observa une pause, esquissa un sourire qui se voulait modeste pour ajouter :

— Ça suffira largement pour écraser cette imbécile.

— OK, fit Ström. Vous vous battrez à mains nues. Et seulement à mains nues. Que la meilleure gagne.

Sans un regard pour lui, Bubblie attacha la chaîne en or de son rat à un pied du fauteuil d'ébène et sauta lestement au bas de l'estrade. Dans la section des Tolls, un soupir passa et les cris commencèrent à fuser. Pour être sûr de tenir la pression jusqu'au bout, on fit passer des lancettes de rush pur dans les rangs et une des filles qui combattaient dans le « ring » à l'arrivée de Vilna s'injecta une dose directement dans la paroi du nez. Pour « fixer » plus vite.

Vilna voyait tout cela comme à travers l'œilleton d'un kaléidoscope. Tout était déformé, multiplié à l'infini. Univers psychédélique qui augmentait sa nausée et lui donnait envie de s'arracher les yeux. Elle faillit demander à Ström de retarder le combat, elle faillit même se précipiter vers « Roth » Face pour qu'il la protège. Mais tout se brouillait sous son crâne et ses pieds demeuraient cloués au sol. Déjà, Bubblie était sur elle. Elle la vit bouger, amorcer un mouvement et tout se déchaîna.

La première gifle lui arriva sur la pommette gauche. Si fort que sa tête parut vouloir se dévisser. Elle émit une brève plainte, se sentit partir en arrière et roula au sol.

En voyant de nouveau sa petite croupe pâle, les Tolls se mirent hurler de plus belle. L'odeur des pétards empuantissait l'atmosphère et des écharpes de fumée grisâtre stagnaient dans l'espace. Du fond de sa souffrance, Vilna songea à son « arme » secrète. La panique la submergea et elle porta instinctivement la main à ses cheveux. Quand ses doigts trouvèrent ce qu'ils cherchaient, tout redevint clair dans son esprit.

Avec un peu de chance, le salut était encore possible.

À condition de tromper tout le monde. En profitant notamment de la bagarre pour attirer Bubblie le plus loin possible de l'estrade et de l'assistance. Là où la lumière des torches n'arrivait qu'avec parcimonie. Et surtout, en exécutant l'estocade sans la moindre hésitation. Le plus précisément et le plus fermement possible. En oubliant l'atrocité de l'acte.

Mais déjà, la walkyrie arrivait de nouveau sur elle. Vilna essaya de se relever, fut trahie par ses forces, retomba lourdement sur le dos. Elle reçut un coup de pied dans le ventre, puis un autre dans les côtes. Souffle coupé, elle rampa tant bien que mal, entraînant sournoisement une Bubblie déchaînée vers l'endroit qu'elle avait choisi. Mais dans sa tête, des cloches carillonnaient. Des lucioles passaient devant ses yeux et elle n'arrivait pas à reprendre sa respiration. Un autre coup de pied lui arriva en plein visage. Elle entendit quelque chose craquer, sentit le goût du sang lui emplir la bouche et elle se mit à vomir.

Le long d'un mur.

Elle était arrivée à un bout de la salle. Elle allait pouvoir tenter sa chance.

Mais au même instant, à travers un voile rouge qui obscurcissait sa vue, elle distingua l'impressionnante silhouette de Bubblie qui plongeait sur elle. Un poids terrible lui écrasa le thorax et des serres d'acier se refermèrent autour de son cou. Instinctivement, elle s'agrippa des deux mains à celles de Bubblie, essaya de les écarter. Impossible. Elles étaient d'une force considérable. Elle ouvrit la bouche à la recherche d'un air qui n'arrivait plus, ses yeux parurent lui sortir de la tête et le poids qui l'écrasait se fit de plus en plus lourd.

C'était fichu.

— Salope ! fit la voix haineuse de Bubblie. Je vais te crever !

Plus que la peur, plus que la douleur, ce fut cette voix qui galvanisa Vilna. Comprenant qu'elle n'avait aucune chance de desserrer l'étau qui lui brisait le cou, réalisant aussi que le peu de forces qui lui restaient allait s'envoler, elle envoya sa main droite dans l'épaisseur de ses cheveux et ses doigts se mirent à fouiller.

En vain.

Son « arme » avait disparu !

Tombée au cours de la lutte. Vilna rua sous le corps qui l'étouffait, contracta son cou, chercha encore dans ses cheveux. Mais tandis que les cloches sonnaient de plus en plus fort sous son crâne, tandis que ses poumons étaient sur le point d'éclater et qu'elle sentait la mort fondre sur elle, l'évidence la frappa comme un coup de bélier.

Elle avait perdu son « arme » secrète !

Cette fois, elle était fichue. Rien ni personne ne la sauverait plus. Pour l'honneur, elle essaya encore de desserrer les doigts de Bubblie qui lui arrachaient sa vie, puis, n'y parvenant pas, elle laissa retomber ses mains devenues trop lourdes le long de son corps. Résignée. Elle avait défié et perdu, elle allait mou...

Son « arme » !

Le miracle ! Sa main gauche venait de tomber sur son « arme » ! Et ses doigts se refermaient dessus. Des doigts qui ne sentaient presque plus rien, tant ils étaient déjà engourdis. Mais dans son esprit en déroute, une lueur d'espoir fou venait de jaillir. Tout était de nouveau possible. Tant qu'il lui resterait un souffle de vie.

Sa main partit.

À une vitesse folle, elle monta vers la face grimaçante de Bubblie et il y eut un premier choc. La walkyrie cria, rejeta sa tête en arrière, serra plus fort ses mains autour du cou de Vilna. Mais celle-ci était déchaînée. Elle brûlait ses dernières forces. Comprenant qu'elle avait raté sa cible, elle frappa de nouveau. Puis une troisième fois. Qui fut la bonne. Sur elle, Bubblie parut secouée par une décharge électrique. Son grand corps s'arqua en arrière et le cri qu'elle poussa alors fut d'une telle force que Vilna en fut assourdie. Mais elle continuait a pousser son « arme » dans la molle résistance qu'elle sentait. Il y eut un craquement dans son cou, elle se dit que son pharynx était en train de céder et elle appuya plus fort sur son « arme ». Elle la tordit, insista, poussa encore.

Et la résistance molle céda enfin.

D'un coup. Cela fit un petit bruit mouillé, Bubblie poussa un hurlement dément et un liquide chaud coula sur le visage de Vilna. Elle avait réussi. Elle enfonça encore, se rentrant l'autre extrémité de son « arme » dans la paume. Mais elle ne sentait rien. Seul ce liquide chaud qui coulait de Bubblie lui importait. Alors, elle poussa encore et encore et, bientôt, ses doigts entrèrent en contact avec la face de Bubblie. Cette dernière hurla de nouveau, tressauta sur Vilna, puis son cri s'acheva en un gémissement aigu. Poignant.

Mais Vilna n'avait aucune pitié. Elle ne pensait plus, n'était plus animée que par un idée fixe.

Tuer.

Subitement, les doigts de Bubblie se desserrèrent autour de son cou. Une de ses grandes mains tenta de repousser celles de Vilna, puis la walkyrie laissa filer un autre gémissement, avant de se laisser retomber sur sa rivale. Inerte.

Par réflexe, Vilna enfonça une dernière fois son « arme ». Mais cette dernière venait de buter contre quelque chose de dur et elle abandonna.

Une éternité plus tard, tandis que peu à peu la vie revenait en elle, tandis que le grand corps de Bubblie glissait lentement de côté, Vilna entendit la rumeur qui montait autour d'elle. Celle de la stupéfaction, de l'incrédulité. Puis il y eut des pas, des voix qui s'approchaient, des mains qui soulageaient Vilna du poids de Bubblie.

— Elle est canée ! cria un Toll. Eh, Abe ! Bubblie est morte !

Puis une autre voix, incrédule :

— Elle lui a foutu un doigt dans l'œil ! Jusqu'au cerveau !

Vilna eut envie de pleurer. De soulagement. De chagrin aussi. Une immense peine qui déferlait en elle comme un raz-de-marée. Elle avait réussi ! Et elle avait tué ! Elle, la petite Vilna Papen avait tué !

— Écartez-vous !

La voix de Ström. Toujours aussi calme. Aussi dangereusement douce. Ström, son nouveau maître. Vilna parvint enfin à rouvrir les yeux. Elle vit la masse des Tolls groupée autour d'elle, vit le géant au front bardé d'acier retourner le corps de Bubblie du bout de sa botte. Comme il l'aurait fait de celui d'un chien crevé. Elle vit aussi sa grosse tête chauve marquer son acquiescement, puis elle entendit sa voix déclarer sans émotion apparente :

— OK. Cette conne de Bubb s'est fait baiser.

Il y eut un silence à la fois saisi et empreint de doute, puis une autre voix s'éleva au-dessus de Vilna :

— Eh, Abe ! Regarde !

Alertée par elle ne sut quel pressentiment, Vilna tourna la tête, vit un des Tolls s'accroupir près du corps de Bubblie et tendre la main vers sa tête. Puis elle vit les doigts du Toll s'enfoncer dans l'œil droit de Bubblie et en retirer lentement quelque chose de sanguinolent. Quelque chose qu'on ne voyait pas bien, mais que Vilna reconnut instantanément.

Son « arme ».

Un simple bout de fil de fer. Ramassé au hasard des caves des anciens entrepôts de Vass A.G. Un gros fil d'acier qu'elle avait noué dans la masse de ses cheveux pour le cacher, mais un gros fil de fer trop long. Même en butant contre l'intérieur de la boîte crânienne de Bubblie, il dépassait encore de son œil

crevé. Preuve que Vilna avait triché. Elle s'était servie d'une arme. Comme elle l'avait vu faire dans cet
holofilm d'horreur visionné quelque temps plus tôt
chez ses grands-parents.

Un souffle passa dans l'assistance, suivi d'un autre
silence. Plus épais. Insupportable et très long. Enfin,
plus douce et plus dangereuse encore, la voix d'Abel
Ström descendit vers Vilna, pleine de reproche :

— Parole, t'as triché, Vilna ! Bubblie avait bien dit
à mains nues, hein ?

Nouveau silence, puis :

— Triché ! T'as tué Bubblie en trichant ! Pas bien.
Pas bien du tout, ça !

Le ton de Ström dit à Vilna qu'elle avait perdu.

Tout perdu.

Il était près de 2 h 30 du matin quand Sol confia la
Voxa aux soins du « général » galonné du *Kaiser
Alster Hôtel*. Il avait besoin de se détendre un peu et
de toute manière, son rendez-vous avec Iris n'était
qu'à cinq heures. En attendant, un peu de repos ne
lui ferait pas de mal. Fourrant cinq dollars et une poignée d'écus dans la main de l'employé, il écarta le
mur compact des mendiants qui bouchait l'accès de
l'établissement. Dès qu'il eut disparu, une horde de
crasseux agressa le « général » en hurlant des imprécations.

Cela faisait partie du cérémonial des nuits *Solidaria*. Il suffisait de suivre le rituel pour s'ouvrir un
passage. Le chasseur du *Kaiser* avait déjà empoché
les cinq dollars. Il envoya la poignée d'écus loin de
lui et il put enfin sauter dans la Voxa pour gagner le
parking. Au septième sous-sol, il quitta le véhicule,
plaisantant un instant avec un gardien qui effectuait

sa ronde en compagnie de son chien avant de s'éclipser.

Le gardien aussi.

Trois minutes s'écoulèrent avant qu'un déclic feutré ne résonne dans l'immense parking. Puis le capot du coffre de la Voxa commença à se soulever. Une ombre minuscule sauta au sol, referma doucement le coffre avant de se glisser entre les véhicules. En direction de la sortie. Le temps d'un éclair, elle passa sous un tube fluo et un casque de courts cheveux verts fut brièvement éclairé.

Grün Helm.

La naine aux lunettes noires parvint sans encombre aux ascenseurs et sauta dans une cabine. Un instant plus tard, elle émergeait dans le hall blanc et gris du *Kaiser*. Se faufilant dans la foule, elle gagna une cabine compuphonique où elle s'enferma. Elle inséra une carte à puce dans la fente du combiné, composa un numéro et une voix de femme s'éleva aussitôt dans le combiné.

— Je veux parler à Saada, dit alors la naine d'une toute petite voix flûtée.

Elle dut patienter un long moment avant que celle du « Mohican » ne lui parvienne enfin :

— *Saada.*

La lilliputienne tordit sa minuscule bouche dans un rictus satisfait et annonça :

— J'ai fait comme tu m'as dit, je l'ai suivi partout. Il vient de rentrer à son hôtel.

— *Quel hôtel ?*

— Le Kaiser Alster.

— *C'est bien,* fit la voix du « Mohican ». *T'auras ton fric demain.*

En reposant le combiné, *Grün Helm* souriait toujours. Être naine, c'était bigrement utile.

CHAPITRE XX

Sol n'avait pas eu besoin du service réveil de l'hôtel. À 3 h 45, il sauta du lit comme s'il avait passé une longue nuit, commanda un substantiel breakfast et prit une douche. Il était à peine rasé quand on lui monta son plateau. Un quart d'heure plus tard, son arsenal rechargé, il engagea le Sig-Sauer dans son étui de poitrine, enfila le blousar, glissa le *Sting* dans sa poche d'épaule et le Bull Survival dans sa gaine de mollet. Il enferma la mallette dans le coffre de la suite et, le long manteau de synthécuir noir sur les épaules, il quitta cette dernière de son pas souple et silencieux. En pleine forme.

Au septième sous-sol, il remit son badge-auto au poste de contrôle, rejoignit la Voxa. N'ayant pas verrouillé le système vocal à son arrivée, il n'eut même pas à prononcer son numéro d'abonné pour neutraliser ce dernier. Mais à l'instant où il allait ouvrir la portière, un bruit de pas feutrés résonna derrière lui. Il tourna la tête, découvrit l'imposante silhouette casquettée d'un gardien du parking. Venant dans sa direction et encore plongé dans la pénombre, l'employé questionna :

— Tout va bien, *mein herr ?*

Une demande de pourboire à peine masquée. Parfois, il arrivait qu'un client trop radin retrouve sa voiture un peu rayée ou cabossée. Petite vengeance, petit racket. Le monde actuel était dur pour tous.

— Bien, répondit Sol.

Il avait déjà la main à sa poche pour y chercher quelques pièces, quand deux détails le frappèrent soudain en même temps.

Le chien, la voix.

Le gardien n'était pas accompagné de son chien. C'était pourtant obligatoire. Et le Chasseur avait déjà entendu sa voix quelque part. Mais pas ici. Il sentit le fameux petit frisson révélateur passer dans sa nuque et au même moment, le visage du gardien qui était jusqu'alors resté dans l'ombre de sa visière de casquette fut balayé par un trait de lumière. Un trait de lumière blême qui accrocha aussi l'éclat de l'acier.

Une lame.

Sol avait instantanément reconnu le « Mohican ». Mais d'un saut prodigieux, celui-ci avait bondi et sa lame fouettait l'air dans un chuintement sinistre. Instinctivement, le Chasseur avait ébauché une rotation du buste en reculant la tête. Il sentit le vent mortel passer à quelques millimètres de sa gorge, envoya son poing en parade, n'eut qu'à peine le temps d'effleurer le bras armé. Doté de prodigieux réflexes, le « Mohican » avait déjà contre-esquivé. Et envoyé son pied gauche en direction du visage de Sol. À une vitesse dont seuls quelques très rares initiés du *Wo-dao-té* étaient capables. Un nouvel art martial dont l'unique devise était « Frapper une seule fois suffit ». En voyant le cal de ses mains monstrueuses à leur première rencontre au *Red Bismarck*, Sol avait deviné avoir affaire à un expert. Malheureusement pour ce dernier, il avait lancé son attaque latéralement et avait dû contre-attaquer en coup de côté appelé *mawashi*. Mais gêné par l'espace trop étroit entre les véhicules, son pied avait heurté un rétroviseur. L'accessoire fut pulvérisé, mais le pied perdit une fraction de seconde. Temps infinitésimal que Sol mit immédiatement à profit. Mieux placé que son adversaire, il lança sa jambe droite en *yoko-géri,* eut la satisfaction de sentir son pied percuter violemment le plexus du « Mohican ». Celui-ci poussa une espèce de soupir rauque, recula, leva son bras comme pour lancer sa lame. Sol glissa en avant, doubla instantanément d'un fulgurant *maé-géri*. Sentant le danger, Saada avait encore une fois réussi à esquiver le coup. En partie seulement. Atteint au menton, il tituba sous la violence de l'impact et en fut surpris. Il n'avait jamais rencontré d'adversaire aussi coriace. Pourtant, il en avait vu.

Ce fut précisément cet étonnement qui eut raison de lui.

Poussant son avantage, Sol avait aussitôt doublé d'un pénétrant *gyaku-tsuki* en pleine face. Un coup de poing direct d'une rapidité quasi imparable. Cette fois, le nez du « Mohican » éclata avec un bruit mou écœurant. Sol savait frapper pour tuer, mais il avait retenu son coup. L'autre envoya son genou en attaque réflexe, reçut un second *gyaku*. Plus violent, mais encore contenu. En plein front. Cette fois, le « Mohican » partit en arrière, son crâne heurta une carrosserie et il lâcha enfin sa lame. Un rasoir du siècle dernier. Arme redoutable dans les mains d'un spécialiste. Sol fut sur lui, l'immobilisa avant qu'il n'émerge de son K.-O.

Quand le « Mohican » s'éveilla, il était face contre terre, l'impressionnant réducteur de son du P.2000 sur la nuque. Il souffla comme un taureau avant la charge, voulut bouger. Mais le canon meurtrit sa chair et la voix grave et profonde du Chasseur résonna à son oreille.

— .44 Magnum, à fragmentation. Ça arrache un tronc d'arbre. Si on vient, je flingue et je m'en vais. Parle vite.

Un temps, puis, toujours sobre et essentiel, il questionna :

— Ton nom ?

Le « Mohican » tenta encore une ruade, s'assagit très vite sous la pression du Sig-Sauer, répondit en reniflant :

— Saada. Et je t'emmerde.

Sol s'en doutait. Il continua :

— Qui t'a envoyé ?

Silence.

— Thaled, hein ?

Il avait légèrement enfoncé la détente du terrible Sig-Sauer. Cela fit un déclic qui sembla résonner dans tout le parking. Première manifestation de la bossette de détente. Après, le percuteur entrait en action.

— Thaled ?

— Oui, renifla encore le « Mohican ».

— Comment m'as-tu trouvé ?

— Une copine. Une naine. Elle a suivi Iris jusqu'à l'*Altona* et m'a tenu au courant par téléphone. Ensuite, elle s'est foutue dans ton coffre de bagnole. C'est comme ça qu'elle a pu me dire où te trouver.

Iris démasquée. Il fallait savoir. Hâter les choses.

— C'est Thaled qui t'a ordonné de me tuer ?

— Oui.

190

— Pourquoi ?

Nouvelle hésitation. Sol prit les devants :

— Iris ?

— Oui.

— Thaled l'a coincée, hein ?

— Oui.

Sol s'en était douté tout de suite. À cause de l'enregistrement qui lui avait paru trop clair pour être honnête. Il n'aurait jamais dû demander à Iris de poursuivre son enquête. Lèvres serrées, Sol questionna encore :

— Où est-elle ?

Nouveau silence. Le Chasseur lâcha :

— J'entends venir.

Ce qui était parfaitement faux, mais l'autre ne devait plus rien entendre que le sang qui battait sous son crâne. Il renifla derechef, grogna :

— Cave. Dans la cave du night.

Puis il se mit à parler vraiment. Sol enregistra tout. Y compris les aveux du « Mohican » sur la manière dont il s'était procuré l'uniforme de gardien. Tout simplement en égorgeant ce dernier et en éclatant la tête du chien d'un de ses fulgurants coups de pied.

Le Chasseur hocha la tête, sortit le *Sting* de son blousar et en appliqua l'extrémité du canon sous le menton du « Mohican ».

— Eh, fit celui-ci. Qu'est-ce que...

Il n'eut pas loisir d'en dire plus. Il y eut un chuintement bref et Saada sursauta violemment de la tête aux pieds. Sonné. Comme l'avait été Phra l'échalas dans la nuit précédente.

Sol se redressa, ramassa le rasoir en protégeant le manche avec un pan de son manteau et le mit dans la poche de Saada. Puis se fiant aux indications de ce dernier, il le chargea sur son épaule, le transporta

191

jusqu'à l'endroit où il avait glissé les cadavres entre deux véhicules et lui mit le rasoir ouvert dans la main après en voir trempé la lame dans le sang répandu.

Enfin, cette macabre tâche achevée, il tourna les talons et regagna la Voxa.

Contrairement à Thaled et au Turc Sorgü, le « Mohican » n'avait pas trahi Dante et il n'était pas un *torpedo* du Syndicat des libertés. Il n'était rien qu'un imbécile. De son côté, Sol n'était ni un tueur, ni un justicier. Même si certains l'estimaient laxiste, la justice condamnerait le « Mohican », pris le rasoir à la main. Un jour, cela ferait un *Black Ring* de plus en circulation. Peut-être même qu'il « s'évaderait » et qu'on appellerait Sol pour le retrouver. Mais en attendant, son gibier s'appelait Ström.

En passant devant le box de garde de l'entrée du parking, Sol prévint seulement le planton :

— J'ai entendu appeler au secours. Septième sous-sol.

— Dis-leur bien que l'info vient de moi, hein !

— *Évidemment,* fit la voix rauque du combiné Computel. *Je leur dirai même que t'as pris un gros risque pour ça. T'inquiète pas.*

On raccrocha et Hosni Thaled en fit autant. Soulagé. Presque heureux. Depuis que Saada lui avait raconté l'odyssée de sa naine, il ne tenait plus en place. Des dizaines de coups de fil, des attentes interminables, et enfin la voix d'Ahmed, son informateur du Nordland. Un dealer débrouillard et vicieux qui avait ses entrées partout. Y compris au sein de certaines bandes de hells. Ahmed qui venait de lui apprendre la bonne nouvelle. Il avait enfin pu contacter une fille qui faisait la pute pour les Tolls.

Une très jeune, avec la classe et tout, qui exerçait dans les hôtels à touristes de troisième zone. La pute avait réussi à joindre son groupe et la nouvelle avait été transmise.

Il avait fait exécuter le Chasseur qui recherchait Ström.

Un service inestimable.

Fort des révélations de *Grün Helm,* on avait aussi parlé de la visite de ce dernier à Hippocrate. Histoire d'envelopper le paquet-cadeau. Ainsi, Hosni Thaled allait faire d'une pierre deux coups. D'une part, il s'était débarrassé *in extremis* de la terrible menace du Chasseur, d'autre part, les Tolls ne débouleraient plus dans ses bordels du Nordland pour tout casser.

Hosni Thaled était décidément un homme intelligent.

Un homme heureux.

Il consulta sa montre et s'aperçut qu'il était plus de cinq heures du matin. La boîte avait fermé sans qu'il s'en aperçoive et les équipes de nettoyage n'allaient pas tarder. Restait à prendre la caisse et à filer. Seule ombre au tableau, Saada ne s'était pas encore manifesté. Mais l'Anatolien n'avait jamais manqué à ses devoirs. Thaled l'appellerait de chez lui un peu plus tard. Il lui demanderait aussi de s'occuper de cette conne d'Iris et de Phra. Et puis dans quelques jours, il partirait se reposer. Du côté de la Polynésie ou bien de...

La sonnerie du Computel résonna soudain, brisant les rêves du Franco-Égyptien. Il sursauta, se trouva aussitôt stupide. Saada ! Saada l'appelait enfin. Il décrocha, lança :

— Allô ?

Rien.

— Allô !

193

Toujours rien... ou plutôt si. Comme un souffle. Mais Thaled n'aurait su dire s'il s'agissait d'une respiration ou de parasites sur la ligne. Instantanément, il pensa que Saada avait un problème. Peut-être qu'il avait raté son coup, qu'il était blessé et qu'il essayait de l'appeler à l'aide.

— Saada ? essaya-t-il.

Il avait la voix tendue. Déjà presque angoissée.

— Eh ! cria-t-il. Saada !

Mais la ligne conservait toujours ce silence qui n'en était pas vraiment un. Alors, d'un coup, la panique submergea le Franco-Égyptien. Lâchant le combiné comme si c'était un serpent, il se rua vers la fausse bibliothèque, découvrant la porte de son coffre-fort. Il se trompa dans les combinaisons, recommença, finit par ouvrir le battant d'acier. Trente secondes plus tard, chargé des plus précieux de ses documents et d'un petit colt Ambassy 38 à balles « Très Haute Vitesse », il plongea sur la porte de son bureau, l'arracha presque de ses gonds en l'ouvrant et s'enfuit sans même éteindre la lumière. À Fuhlsbüttel 4, il y avait des départs Grandes Distances toutes les nuits. Même quand le *jaune* était trop épais. Il trouverait bien un vol pour l'Australie ou le Japon.

Il dévala l'escalier de la passerelle, se retrouva au niveau-bar où on avait laissé la lumière pour les employés du ménage. Venant de l'extérieur, il percevait la rumeur des derniers irréductibles. Ceux-là allaient finir la fête en *hard drug-party*. Il y avait de l'overdose dans l'air. Il longea le bar, fut surpris de ne pas voir accourir son videur-balai. Celui qui surveillait les gens de l'entretien. Il décréta qu'il s'en fichait, buta sur quelque chose et jura en baissant les yeux vers le sol.

Et son cœur cessa de battre.

Le videur !

Il était là. Étendu à ses pieds, inerte, face contre terre. Une formidable panique déferla dans l'esprit d'Hosni Thaled, mais alors qu'il voulait se précipiter dehors, alors que plus rien d'autre que fuir n'avait d'importance à ses yeux, ses jambes refusaient de bouger.

Il était paralysé. Tétanisé.

— Il n'est pas mort, Thaled. Rien qu'endormi.

Le Franco-Égyptien sentit un grand froid l'envahir et ses jambes furent secouées d'un étrange tremblement. Puis son ventre fit entendre des bruits incongrus et il se sentit se vider.

— Tu partais ? fit encore la voix grave et profonde. Juste quand je te compuphone.

Une voix que Thaled aurait reconnue entre toutes.

Celle du cauchemar absolu. L'homme de Dante, le Chasseur. Le Chasseur dont la grande silhouette au long manteau apparut enfin dans la pénombre de la zone « bistro ». Près du compuphone du bar. Une silhouette si impressionnante que malgré sa peur viscérale, malgré sa haine et tout ce qu'il pouvait ressentir de négatif, le Franco-Égytien ne put s'empêcher de trouver belle.

— Tu sens mauvais, Thaled.

Le Chasseur s'était approché. Apparemment sans arme. Il fronçait le nez, l'air réprobateur.

— Tu t'es oublié, Thaled, reprit la voix quasi hypnotique de Sol. C'est idiot et sale. Quand on est un lâche, on ne trahit pas. Surtout pas Dante. Tu le savais, n'est-ce pas ?

Le Chasseur avait rarement parlé autant. Il se tut un instant, finit par demander sur un ton presque doux :

195

— Iris. Vite.

— Je...

— Iris.

Thaled était trop malade pour faire semblant de résister. L'esprit complètement en déroute, il fut une seconde tenté de négocier sa grâce en informant le Chasseur du coup de fil d'Ahmed. Mais c'était se condamner davantage encore. Alors, sonné debout et misérable dans son pantalon souillé, il se tut, hocha la tête et passa devant Sol. Pour Iris, il mettrait tout sur le compte de Saada et de ses copains.

Ils longèrent des couloirs vides qui sentaient tous les parfums et toutes les fumées, passèrent par une réserve au béton nu, descendirent un escalier métallique et aboutirent dans un autre couloir où s'alignaient quatre portes grises en acier. Toutes fermées. Hébété, Thaled fixait le sol d'un regard absent. Le Chasseur le réveilla d'une bourrade :

— Iris ?

— Là.

Le tenancier indiquait la dernière porte au fond du couloir. Sol le poussa en avant, le plaqua contre lui et, faisant enfin jaillir l'énorme Automat Sig-Sauer de son blousar, il demanda :

— Tu as la clé ?

Thaled secoua négativement la tête, complètement abattu.

Sol hocha la sienne, se fouilla, s'empara de son passe, l'introduisit dans la serrure, enfonça un poussoir et laissa les petites broches autoréglables faire leur œuvre à l'intérieur de la serrure, avant de donner deux tours à gauche. Puis, se rejetant sur le côté, il enfonça le Mag-Z du P.2000 dans les reins du traître et ordonna :

— Ouvre !

Thaled n'était plus qu'une loque. Il obéit sans résister et tira le panneau à lui.

— Allume !

Une lumière glauque d'aquarium jaillit, et le regard de Sol plongea dans le local.

D'abord, il ne distingua rien d'autre qu'une masse confuse qui s'agitait bizarrement dans un angle de la cave, puis, en s'avançant, il s'aperçut qu'il s'agissait de deux corps.

Ils étaient superposés ; l'un était habillé, l'autre nu.

Il s'approcha encore et se pencha sur les corps qui bougeaient. Ses yeux accrochèrent alors d'autres yeux et l'horreur le submergea.

Les deux corps faisaient l'amour.

Ou plutôt, le corps habillé était en train de violer celui qui était nu. Et c'était le regard de ce dernier que Sol avait intercepté. Un regard fixe et halluciné. Un regard d'absolue détresse.

Celui d'Iris.

Morte !

Tout au fond de sa tête, Thaled se dit que c'était le moment. Qu'il lui fallait se défendre, rejeter tout sur Saada. Mais il avait beau ouvrir la bouche, aucun son n'en sortait. Il était comme mort et survivant à la fois.

Terrible, le silence s'éternisait.

Seulement rythmé par les halètements syncopés du violeur. Glacé dans l'âme et dans le cœur, Sol se sentait malade. Pour la première fois de sa carrière de Chasseur, il voyait ses propres sentiments prendre le pas sur sa fonction. Tuer était grave. Très grave. Surtout quand la mort était cette image hideuse qu'il avait devant lui. Inexorablement montait en lui une vague amère qui lui faisait mal partout et lui donnait envie de crier. Mais la fonction reprit très vite le dessus et tout redevint clair dans l'âme du

Chasseur. Ce fut d'une voix tout juste un peu plus grave qu'il s'entendit déclarer :

— Il ne fallait pas, Thaled. Vraiment pas.

Puis l'énorme Sig-Sauer toussa.

Deux fois.

CHAPITRE XXI

Au *Kaiser Alster Hotel,* c'était le black-out absolu. Aucune indiscrétion ne semblait filtrer à propos du moindre cadavre dans les parkings. Pourtant, Sol avait pu le vérifier par holovisor interposé, la nouvelle avait fait une « brève » au journal de la demi-journée sur IDH-Kanal. Mais les lendemains de *Solidaria,* les morts étaient si nombreux partout qu'il aurait fallu en parler jusqu'au prochain *Solidaria.* D'ailleurs, ça n'intéressait personne. Le tout étant qu'on soit encore vivant soi-même.

Or, ce soir, Sol se sentait un peu mort.

Malgré l'entraînement très spécial qu'il avait suivi durant sa longue instruction de Chasseur, malgré ce fatalisme profond qui le caractérisait et malgré l'Enseignement que la Lumière lui avait dispensé au cours de la presque mort qu'il avait connue autrefois, il ressentait comme une cassure en lui. Pas vraiment douloureuse. Seulement très amère.

Il n'oublierait jamais les grands yeux gris d'Iris. Jamais.

199

Il était maintenant près de 23 heures et, contrairement à la veille, la Voxa roulait à peu près normalement. On était pourtant samedi et les autorisations de circuler étaient plus nombreuses le week-end. Mais les lendemains de *Solidaria,* le Grand Hambourg faisait le gros dos. Pour soigner ses plaies et endormir ses lassitudes. Y compris dans la *Todtzone,* où le Chasseur se rendait précisément.

Le matin même, troublé par les révélations de feu Saada sur les agissements de sa naine, il s'était imposé une nouvelle incursion dans le fief d'Hippocrate. Pour mettre en garde son « secrétaire » et lui-même contre la menace qui pouvait peser sur eux. Si la naine l'avait vu entrer chez Doc, cela pouvait être dangereux. Mais Hippocrate s'était contenté de sourire et Sodom avait simplement grogné :

— Je les attends, ces pédés !

Ce qui dans sa bouche ne manquait pas de saveur.

Sol leur avait donné son numéro d'Inter-Computotel avant de les quitter de nouveau. Computotel venait de l'appeler au *Kaiser* et il avait autorisé le basculement de communication. Elle émanait de Sodom. Le « secrétaire » d'Hippocrate avait les renseignements demandés.

Sous-entendu... sur Abel Ström !

En arrivant sur la grande *autobahn* circulaire n° 5, Sol put imposer une vitesse légèrement supérieure à la Voxa. Très légèrement. Se faire arrêter par la *Strasspolizei* n'aurait rien arrangé. Il parvint pourtant aux limites de la *Todtzone* en un temps relativement court et passa le même « Check Point » sans difficultés.

Un quart d'heure après, il arrêtait la Voxa dans la ruelle qu'il connaissait déjà. Toujours tournée dans le sens du départ. Il s'équipa de l'I.L-System, abandonna la voiture et se mit en marche. Un peu partout, des cris fusaient, des chants, des musiques. Une cacophonie qui s'expliquait peut-être par le fait d'être encore en vie au lendemain d'un *Solidaria*.

Mais quelle vie !

Au détour d'un amas d'éboulis, il dérangea un groupe de camés qui s'injectaient en chœur d'énormes doses de dope en intraveineuses. Un fille le siffla de loin en lui proposant des tas de prouesses sexuelles qu'elle était sûrement bien incapable de réaliser dans son état. Devant son manque d'intérêt, elle se mit à l'insulter dans plusieurs langues. Puis elle éclata de rire, s'accroupit soudain au-dessus des gravats et soulagea sa vessie sans même baisser son collant noir.

Quelques années plus tôt, Sol avait été révolté, écœuré par ces tristes spectacles de la déchéance. Maintenant, la stupidité des hommes et leur vanité le laissaient indifférent. Il avait franchi le cap des désillusions et surtout, surtout, il y avait eu cette lumière. *La* lumière. Celle qu'il avait vue à la porte de sa presque-mort et grâce à laquelle il avait reçu l'Enseignement. Maintenant, il savait.

Tout ceci n'était qu'un passage.

Semé d'errances, d'embûches et d'erreurs, peuplé de génies, d'imbéciles et de fats. L'humanité était naine. Mais c'était *le* passage obligé. Celui qui conduit à la Lumière. Et si Sol luttait ainsi dans l'ombre et le danger, c'était pour rendre ce passage moins pénible et moins injuste à ceux que Dante protégeait.

Les honnêtes gens.

Le Chasseur franchit un dernier éboulis, se retrouva derrière le mur aux barbelés du « parc » d'Hippocrate. Il vérifia les alentours, poussa un léger sifflement entre ses dents et appela doucement :

— Sodom ?

Silence.

— Sodom ?

Toujours rien. Sauf le tintamarre des loques humaines environnantes et un chien qui, très loin au-dessus des ruines, se mit à hurler à la mort. Le « secrétaire » et Doc étaient dans la maison. Sol contourna le jardin par l'arrière, dut encore enjamber des tas de gravats pour aboutir de l'autre côté. Au passage, par-dessus les remugles combinés du *jaune* et de l'oignon des produits de dégazage, son odorat enregistra une fragrance qui le frappa de stupeur.

La menthe !

Une odeur incroyable dans cet univers du vice et de la désolation. Une odeur qui émanait du jardin d'Hippocrate. Le vieux médecin avait bel et bien réussi son impossible pari. Dans son jardin minable, dans cette terre gorgée de misère et de miasmes, le miracle avait eu lieu. Le vieux sage alcoolique avait fait pousser la vie !

Sol se préparait à remonter la rue défoncée qui longeait le petit immeuble quand il se statufia soudain. Un détail l'avait frappé. Un tout petit détail, mais qui dans le contexte prenait des dimensions nouvelles. Un détail qu'il n'aurait jamais pu voir sans l'I.L-System.

Un guidon de moto.

À vingt mètres environ, dans l'obscurité de l'immeuble-tour défoncé. Au rez-de-chaussée, enfoncé dans les décombres. Un guidon de moto qui dépassait de la masse des éboulis. En soi, cela n'avait rien d'étonnant. Mais compte tenu des informations arrachées à Saada, le détail prenait toute son importance. Car les Tolls étaient des hells, les hells circulaient en choppers et la naine avait sans doute vu Sol pénétrer chez Hippocrate. Relation de cause à effet, il y avait peut-être du Toll chez le vieux docteur.

Sol revint doucement sur ses pas, contourna une partie de l'imposante tour en ruines et, silencieux comme une ombre, se glissa à l'intérieur. Pour s'immobiliser aussitôt. Tous les sens en alerte. Là-bas, à moins de dix mètres, assis sur un bloc de béton et immobile comme la mort, il y avait un homme.

Grâce à l'I.L-System, le Chasseur pouvait voir son crâne rasé, ses vêtements de cuir rapiécé et le court shot-gun Starlight C.400 posé en travers de ses genoux. Il connaissait cette arme. Avec son épais canon renforcé, elle pouvait tirer la fameuse cartouche à mini-ogive explosive Firefox de 27 mm. Une munition capable de traverser les plus solides blindages. Sol glissa sur le côté, contourna le guetteur et s'aperçut qu'il y avait en fait plusieurs choppers dissimulés dans les éboulis. Exactement quatre. Si l'on comptait le type au C.400 pour une moto, si l'on estimait que chacune des trois autres n'avait transporté qu'un seul passager, cela faisait trois hells dans la maison d'Hippocrate.

Car pour Sol, aucun doute possible, Doc avait de la visite.

Restait à savoir si celle-ci était liée à lui ou non. Tout doucement, prenant garde où il posait les pieds, il s'était coulé dans l'ombre, effectuant un large détour, prenant le risque d'être débusqué à chaque instant. Dans cette éventualité, il avait sorti le Sig-Sauer de sa gaine de poitrine. Prêt à faire feu au moindre danger. Son équipement I.L-System était décidément très utile.

— Pas bouger.

La voix grave et profonde avait à peine résonné dans les ruines. Pourtant, sous le Mag-Z du Sig-Sauer, le Chasseur sentit le hell sursauter violemment. Il ajouta tout bas :

— Tu te tais, tu vis. Tu cries, tu meurs.

Ces intentions parfaitement résumées, il interrogea :

— Le nom de ta section ?

— Toll, connard.

L'imbécile plastronnait. Sous le canon du P.2000, Sol le sentait trembler et une petite ivresse le gagnait. Il avait touché le jackpot du premier coup. Les Tolls. Ce qui signifiait qu'il venait à cet instant d'entamer la dernière ligne droite de sa chasse. Appuyant un peu plus sur la nuque rasée, il insista :

— Combien de Tolls, avec Doc ?

— Trois. Et ils te baiseront.

Trois. Sol ne s'était pas trompé. À moins que l'autre ne bluffe.

— Ström ?

Un petit rire aigre lui répondit.

— Rêve pas, pédé ! Ström, tu l'auras pas.

Sous l'I.L-System, la bouche de Sol esquissa une amorce de sourire froid. Puis, avec la vivacité de la mangouste, il déplaça le P.2000 vers le nez du minable. Pour l'écraser d'un coup de crosse. Cela fit un bruit sinistre de bois cassé, le sang jaillit et le Toll ouvrit une bouche démesurée. Instantanément, le gros Mag-Z s'y enfonça. Profond :

— Tss, tss, fit le Chasseur. Pas pédé.

Il marqua un temps, ajouta, confidentiel :

— Toujours pas crier, hein !

Nouveau silence. Assis sur son bout de béton, le hell haletait misérablement. Il devait beaucoup souffrir. La jeune Vilna aussi. À moins qu'elle ne soit morte. Mais jusqu'à maintenant, rien ne prouvait formellement qu'elle ait effectivement été enlevée par les Tolls. C'était le moment de savoir. Ôtant doucement le Mag-Z de la bouche du rasé, Sol questionna :

— Vilna Papen, tu connais ?

Mutisme du Toll.

— Je répète. Une fois seulement. Vilna Papen ?

Hésitation, reniflement, puis :

— Ouais !

Le Chasseur exultait intérieurement. Il approchait à grands pas du terme de sa traque, si tout se passait bien. Mais pour les Chasseurs l'avenir était toujours incertain. La mort était leur compagne de tous les jours et elle pouvait fondre sur chacun d'eux à tout moment. De toute manière, les atermoiements n'étaient pas de mise. Maintenant, il fallait foncer. Déjà, le *Sting* s'était matérialisé dans l'autre main de Sol. Il en appliqua le canon bulbé sous l'oreille du Toll et pressa la détente. Un peu d'oubli provisoire ne lui ferait pas de mal.

L'intéressé fut violemment secoué, s'écroula dans un soupir aux pieds de Sol. Ce dernier l'enjamba, fit disparaître le *Sting,* tira le Bull Survival de sa gaine de mollet et cisailla les pneus des trois choppers avant de s'emparer du Starlight C.400. Il vérifia que les cinq cartouches lance-minimissiles étaient en place dans le chargeur vertical, retourna vers le petit jardin en friche d'Hippocrate. Là, il resta tapi dans le noir un moment, fouillant chaque recoin grâce à l'I.L-System. Personne. En quelques bonds, il franchit le portail en bois et remonta silencieusement vers l'arrière du petit bâtiment rococo. Il se plaqua à la paroi et, C.400 collé au corps, il tendit l'oreille avec attention, finit par percevoir une succession de sons aigus qui ressemblaient à des gémissements.

Doc paraissait avoir des problèmes.

Deux solutions : l'attaque de front ou en douceur. Ignorant ce qui se trouvait derrière le blindage de la porte close, le Chasseur opta pour le deuxième cas de figure. Il longea la façade décrépite, se retrouva sur le côté droit du bâtiment, trouva ce qu'il cherchait.

Une fenêtre.

Toute petite. Mais la vitre n'était plus qu'un souvenir et la croisée se désagrégeait en lambeaux vermoulus. Sol envoya une poignée de cailloux à l'intérieur, recula. Aucune réaction. D'après le son, la pièce était minuscule. Toilettes ou ancienne salle d'eau. Il se hissa sur la pointe des pieds, risqua un bref regard. Grâce à l'I.L-System, il put constater qu'il avait raison. Une cabine de w.-c. Vide. Il se passa la bretelle du C.400 à l'épaule et accomplit un rétablissement.

Trois secondes après, il était dans la place.

Il appliqua son oreille au battant, perçut d'autres gémissements. Plus forts. Alors, le C.400 de nouveau en main, il ouvrit la porte, se glissa dans un couloir désert, retrouva le hall en ruines déjà vu la veille. Éteint. Au fond, la porte de la pièce où il avait rencontré Doc. Porte entrebâillée. Un filet de lumière en filtrait, ainsi que d'autres gémissements. De plus en plus nets. Sol se glissa vers l'ouverture, risqua un regard, ne vit d'abord que des ombres confuses. Puis ses yeux s'habituant à la surexposition de l'I.L-System, il distingua plus nettement le théâtre du drame.

Car il s'agissait bien d'un drame.

Drame à cinq acteurs. Trois ennemis, deux alliés potentiels. L'un d'eux, immense, visage en sang et semblant mort, était saucissonné sur le parquet défoncé. Juste aux pieds de la méridienne où était recroquevillée la frêle silhouette de Doc. Tout nu. Penchés sur lui, deux Tolls. Un chevelu blondasse, un type au crâne rasé et aux traits asiates très prononcés, armé d'un court Pistol Factor à cinq cartouches. Tous deux maintenaient les jambes d'Hippocrate ouvertes, tandis qu'un troisième, costaud et les bras couverts de poils blonds, s'activait sur l'entrejambe de Doc.

D'où il était, Sol ne pouvait voir ce qu'il faisait, mais une chose était sûre, le vieux toubib souffrait énormément. Ses halètements ressemblaient à ceux d'une locomotive à vapeur du siècle dernier et les gémissements qui sortaient parfois de sa bouche faisaient mal à entendre.

Ça suffisait.

Le Chasseur repoussa doucement la porte, se planta derrière les trois ordures, ordonna de sa voix grave et profonde :

— Pas bouger.

La voix glacée fit sursauter ceux qui tenaient Doc. Mais le troisième eut un geste coulé en torsion du buste et Sol vit fulgurer vers lui un éclair blême. Dans le même temps, l'Asiate avait abaissé le canon du Pistol Factor et la détonation éclata.

En même temps que celles du C.400.

Trois déflagrations qui se confondirent en une seule, mais qui ne firent que deux morts, le costaud aux poils blonds et l'Asiate qui avait tiré. Le premier parut sauter en l'air et retomba... en lambeaux épars qui allèrent s'écraser sur les murs. Quant à l'Asiate, il reçut la miniroquette en pleine tête, et celle-ci disparut. Au sens propre du terme. Volatilisée. Le corps resté pratiquement intact était allé percuter l'angle du mur et il s'effondra doucement pour former un petit tas sans importance.

Dans le chambranle de la porte, tout près de la tête de Sol, le poignard plein de sang vibrait encore de la force du coup, tandis que l'énorme balle à ailettes du Pistol Factor avait fait éclater tout un morceau de mur, à hauteur de sa hanche.

Sans le bond de côté qu'il avait fait à l'ultime seconde, le Chasseur aurait été tué. Dans ses poings, le C.400 fit entendre son redoutable bruit de pompe.

— Non !

C'était le chevelu. Livide, il faisait face à Sol et la lumière éclairait avec précision les boursouflures cramoisies de son profil. La panique se lisait dans ses yeux. Il secoua la tête, leva lentement les mains, répéta :

— Non ! On sait que vous cherchez la gosse.

Il désigna les corps de ses copains morts.

— Vous avez eu Beck et Mao. Eux, ils ont trempé dans le rapt. Pas moi.

Sans un mot, Sol le poussa de son canon contre le mur, baissa les yeux sur le vieux Doc. Robe de chambre ouverte sur ses jambes maigres et blanches, celui-ci le fixait d'un regard halluciné. Ses lèvres blêmes tremblaient et du sang coulait de son cuir chevelu. Blessure invisible, mais sans doute importante. Beaucoup de sang. Beaucoup aussi entre les pans de la robe de chambre. Le Chasseur se pencha, écarta le tissu usé, faillit marquer un recul.

Les ordures avaient castré Doc.

Complètement. Le sexe et les testicules gisaient sur le plancher, et le sang s'échappait à gros bouillons mortels de l'affreuse plaie. Derrière Sol, une voix rugueuse s'éleva :

— Je leur ai tout dit.

Sol se tourna, considéra la montagne de muscles saucissonnée par terre. La face pleine de sang également, Sodom fixait le vieillard mutilé d'un regard désespéré.

— Ils m'ont eu par surprise. Ils ont torturé Doc et j'ai dû parler de vous, dit-il encore. J'ai tout avoué. Pour le sauver. Mais ils n'ont pas tenu leur parole. Ils..., ils l'ont fait quand même.

Sol comprenait. Personne ne pouvait résister à de telles atrocités. Il hocha la tête, coupa les liens du géant qui se redressa lentement. Puis, sans paraître voir le chevelu toujours collé au mur, Sodom alla se pencher sur Doc, lui caressa la joue avec une tendresse inattendue.

— Pardon, dit-il de sa grosse voix.

Visiblement, le vieillard n'en avait plus pour longtemps. Saigné à blanc. Même immédiate, une transfusion ne l'aurait pas sauvé. D'ailleurs...

— Pardon, Doc, répéta le mastodonte.

Un pauvre rictus erra deux ou trois secondes sur les lèvres desséchées d'Hippocrate, puis toute sa face se figea dans un spasme et son regard bascula. Une grosse larme roula sur la joue ensanglantée de Sodom. Comme ça, en silence. Sans qu'un seul muscle ne bouge dans sa face de brute. Puis il ferma les yeux d'Hippocrate en disant simplement :

— Il aimait les hommes et la nature.

Belle oraison funèbre.

Le vieux Doc ne verrait pas pousser ses herbes aromatiques.

— Nooonnn !

Bien que s'y étant attendu, le Chasseur n'avait pu empêcher le monstre de plonger sur le blondasse. D'une seule main, il lui saisit le cou, le souleva de terre en serrant. Les petits yeux vicieux du Toll jaillirent littéralement de leurs orbites et il ouvrit une bouche démesurée pour chercher un air qui n'arrivait plus. Déjà, sa face ravagée avait viré au violet.

— Stop !

Sol avait posé le canon du C.400 sur la nuque du géant. Presque doucement. Et ce fut d'une voix calme qu'il ordonna encore :

— Stop.

Mais le géant ne relâchait pas sa pression. Dans une minute, le chevelu serait mort. Ou avant, si la nuque se brisait. Sol fit jouer la pompe du C.400. Combiné avec les gloussements assourdis que poussait le Toll, ce bruit métallique résonna dans la pièce comme une musique de mort.

— Stop, Sodom. Ou je te tue.

Une seconde, le Chasseur crut que le géant n'avait pas entendu, puis, peu à peu, il vit les énormes muscles de son bras droit se dénouer. Il argumenta aussitôt :

— Tu sais comment retrouver sa bande ?

Nouveau relâchement du bras, puis :

— Non. Pas eu le temps de m'en occuper.

Sol soupira :

— Si tu le tues, je ne retrouverai ni la petite, ni Abel Ström.

Une éternité passa, puis le bras monstrueux se détendit encore et le chevelu tomba au sol comme une chiffe molle.

— OK, fit Sodom en posant délicatement la botte de son pied droit sur la tempe du Toll. OK.

Le Chasseur hocha la tête, posa sa question et dans sa panique, « Roth » Face se reprit à espérer. D'une voix geignarde, il lâcha :

— Anciens... entrepôts de Vass A.G. Dans le nord du Schwarzland.

— Tout près de la *Todtzone*.

— Et Vilna, vivante ?

— Elle... je... je sais pas !

— Tu ne sais pas ? gronda Sol.

— Je... Peut-être encore vivante ! Faut faire vite !

Sol sentit son estomac se tordre. Les ordures ! Il insista :

— Et Ström, où est-il ?

— Il... il couche dans l'ancien bureau di... directorial. Un truc vitré en surplomb qui... qui permettait de surveiller les ateliers.

— Combien d'hommes ?

— Une... une trentaine. Je... je peux vous conduire. Je connais les lieux. Et puis, et puis j'ai un compte à régler avec ce fumier de Ström.

Belle mentalité. Sol ignorait que le « compte » en question s'appelait Vilna. Il hocha la tête, demanda encore :

— Ton nom ?

— Euh... « Roth » ! « Roth » Face.

— C'est bien, Roth Face. C'est très bien. Tu as racheté une partie de tes fautes.

— Je..., je peux vous emmener ?

— Pas la peine, grogna Sodom de sa voix rugueuse empreinte de chagrin. Pas la peine. Vass A. G, je connais.

Puis il y eut un craquement atroce, un hurlement bref, aigu, insupportable.

Le crâne de « Roth » Face venait d'éclater.

Sous la botte de Sodom.

CHAPITRE XXII

— Non.

Sol n'avait fait que murmurer, mais dans le silence, il lui sembla que sa voix avait porté à des lieues à la ronde. Tassé sur le siège passager de la Voxa, Sodom le monstrueux avait le masque figé des êtres butés. Pourtant, d'entrée, le Chasseur s'était montré intraitable. S'il avait accepté l'aide de Sodom pour le guider jusqu'aux anciens entrepôts Vass A. G, il n'était pas question qu'il l'assiste dans la phase finale de sa mission. D'ailleurs, Sol devinait trop bien les motivations de l'homo géant. Et il avait vu comment il résolvait les problèmes d'adversité.

Sol n'était pas là pour nettoyer Hambourg de sa crasse humaine, mais seulement pour capturer Abel Ström.

— C'est la bande à Ström qui a tué Doc, fit valoir Sodom de sa voix râpeuse. Normal que je le venge.

— Tu l'as déjà vengé.

— Pas assez.

— Si. Et si possible, je préférerais ne plus faire de cadavres.

Son travail n'était pas d'abattre Ström. Il ne le tuerait que s'il le menaçait ou s'il refusait de se soumettre.

À moins que Ström ne le tue lui-même.

Sol avait arrêté la Voxa sur Brükstrasse. Une grande artère lugubre autrefois bordée d'entrepôts, qui avait été un des fleurons industriels de l'ancien Schwarzland.

Mais depuis, les centres d'intérêt s'étaient déplacés et ce secteur voisin de la *Todtzone* était squatté par toute une faune marginale. Comme cela s'était passé au vingtième siècle, du côté de Sankt Pauli. Bien sûr, l'éclairage public n'existait plus depuis longtemps, les décharges sauvages s'amoncelaient un peu partout et quiconque s'aventurait de nuit par ici risquait de gros problèmes. Dans le Schwarzland, *Todtzone comprise,* on se faisait trancher la gorge pour une poignée d'écus.

À moins d'être armé. Très puissamment armé.

Comme Sol. Mais lui, il n'allait pas affronter quelques voleurs à la tire. Il allait avoir affaire à une brigade de dingues. Celle des Tolls. C'est pour cette raison qu'il avait dû monter son opération avec précision, trouver l'idée qui lui offrirait une chance raisonnable de réussite.

En quittant l'immeuble d'Hippocrate, il était retourné au centre-ville. Juste pour passer un coup de fil. Puis il avait abandonné Sodom dans un drugstore d'Altona ouvert la nuit pour filer à un mystérieux rendez-vous. Dans le quartier de *China.* Quand, selon sa promesse, il était revenu le chercher, des langueurs romantiques commençaient à flotter dans les grands yeux fardés du géant. Il

214

avait fait connaissance d'un superbe éphèbe glabre, blond et rose de seize ans... et d'à peine cinquante kilos.

Son fantasme absolu.

À travers le pare-brise de la Voxa aux feux éteints et au-delà du rideau gras d'un crachin opiniâtre, Sol pouvait à peine distinguer les deux falaises noires qui bordaient Brükstrasse. Angoissant. Car à partir d'ici, tout pouvait arriver. N'importe laquelle de ces centaines de fenêtres aveugles constituait un parfait observatoire.

Un observatoire de trois kilomètres de long.

Avec, tout au bout, les immenses entrepôts de Vass A.G. Où la mort attendait peut-être Sol. Mais c'était le lot des Chasseurs. Des dizaines avaient déjà été tués en mission. Peut-être plus. Dante n'avait jamais communiqué de chiffres. On ignorait même combien il y avait de Chasseurs en exercice. Peut-être que depuis la mort de Mercure, Sol était le seul. Et peut-être que dans un instant, il n'y en aurait plus du tout. Mais Sol n'avait pas vraiment peur. Pas au sens commun du terme. Son fatalisme habituel l'avait toujours aidé à affronter tous les dangers avec le même calme. Même quand la mort était si proche qu'il se prenait à penser à sa seule passion.

À Venise.

Chassant les souvenirs, il lâcha à l'intention de Sodom :

— Tu restes là. Si tu veux être utile, tu te mets aux commandes, tu surveilles le secteur et tu m'attends.

Il consulta sa montre, précisa sur le même ton neutre :

— Il est quatre heures dix. Si je ne suis pas revenu dans une heure, tu files et on ne se connaît plus. D'accord ?

215

— Hon.

Toujours renfrogné, mais apparemment résigné. C'était déjà ça. Sol sortit un plan de sa poche, l'étudia soigneusement au seul moyen de l'I.L-System. Inutile de se faire remarquer avec de la lumière.

— Qu'est-ce que c'est ? questionna Sodom.

— Les égouts du secteur.

Un plan remis par le policier Schliemer dans la soirée. Avec les coordonnées de son contact à *China*. L'homo géant grimaça :

— Vous allez passer par là ? C'est effondré de partout et plein de rats gros comme des vaches !

— Pas le choix.

L'expression de Sodom disait clairement le peu de chance qu'il accordait à l'entreprise. Mais déjà, Sol se saisissait du sac en plastène orné d'idéogrammes qui reposait sur la banquette arrière et emplissait ses poches de manteau de longs cylindres qui ressemblaient à de gros cigares en alu surmontés d'un anneau. Une douzaine en tout. Du sac, il sortit également deux tubes pharmaceutiques, en ouvrit un, avala une poignée de comprimés et enfouit le tout dans sa poche.

— Ça va pas ? demanda Sodom, inquiet.

Sol le rassura d'un hochement de tête.

— Simple migraine, dit-il.

Puis il vérifia le bon glissement de l'Automat Sig-Sauer dans sa gaine de poitrine, enferma le *Sting* dans la poche d'épaule du blousar en synthécuir gris, accrocha l'anneau de crosse du court Storm-Spas-Compact-PA 33 au mousqueton cousu sous l'aisselle droite du même blousar.

Pour faire bonne mesure, il engagea une demi-douzaine de cartouches « tartare » dans les alvéoles de sa ceinture. En espérant ne pas avoir à s'en servir.

216

Puis il referma le long manteau sur l'ensemble et abaissa l'I.L-System devant ses yeux avant d'ouvrir la portière de la Voxa.

— Une heure, répéta-t-il à l'adresse de Sodom.

— Hon.

Pas follement enthousiaste.

Sitôt dehors, Sol disparut dans une rue transversale. Il longea des façades, se trompa, revint sur ses pas, finit par trouver un porche sous lequel il pénétra. Derrière, une cour. Une vraie cour des Miracles. Des dizaines de clochards ou de drogués s'y entassaient pêle-mêle, sous des auvents aux couvertures arrachées. Il écarta des mains fouisseuses, grimpa un perron défoncé, pénétra dans le hall de ce qui avait autrefois été un bâtiment du ministère des Finances. Là aussi, beaucoup de monde. Sous un escalier en pierre à double révolution qui avait dû coûter des fortunes, deux êtres en haillons copulaient par terre en grognant comme des gorets. Sol les enjamba, trouva la porte qui descendait aux caves. Guidé par l'I.L-System, il descendit un escalier également en pierre, atterrit dans un large couloir où s'ouvrait une succession de caves voûtées. Les portes avaient disparu et une faune puante s'entassait dans les réduits. Sol écrasa quelques lancettes, quelques seringues ancien modèle, avant de se retrouver dans un couloir plus étroit qui descendait en pente douce vers des profondeurs humides. Ici, plus personne. On commençait à y voir trop de rats. Sol en chassa un d'un coup de botte. Pas aussi gros qu'une vache, mais au moins autant qu'un chat adulte. Sans ralentir, il bifurqua, découvrit tout un complexe de tuyaux rouillés qui couraient le long des murs suintants. À en juger par l'odeur, les égouts n'étaient plus très loin.

Il les trouva au second coude.

Une porte basse, encore plus rouillée que les tuyaux. Il lui suffit d'un coup de pied pour la faire sauter. Derrière, il y eut des couinements et une meute de rats gris détala précipitamment. Indifférent aux remugles pestilentiels qui montaient du cloaque, Sol descendit sur une sorte d'étroit trottoir à demi éboulé. Mais cette fois, l'intensificateur de lumière était insuffisant. Il dut utiliser sa *laserlamp* pour consulter le plan de Schliemer, avant de se lancer sur sa gauche.

Il marcha, glissa, escalada des pans entiers de voûtes effondrées, se battit contre des armées de rats, éventra des mètres carrés de toiles d'araignées épaisses comme des couvertures, faillit tomber dix fois dans les collecteurs puants. Les pluies acides des derniers jours avaient grossi le cours fangeux et il fallait sauter par-dessus les parties de trottoirs écroulées pour conserver les pieds à peu près secs. Quant à l'odeur... Au détour d'un coude, Sol vit même flotter entre deux eaux ce qui ressemblait à une tête humaine. Avec de longs cheveux noirs formant comme une hideuse traîne, et auxquels s'accrochait une meute de rats affamés.

Le paradis sur terre.

Enfin, le Chasseur parvint à une galerie marquée TP.112 et il tourna à droite. Progressant encore sur un demi-kilomètre, il finit par trouver ce qu'il cherchait.

Un étroit radier qui partait sur la droite. Sur un des pans de ciment effondrés, on pouvait encore lire deux lettres à la peinture écaillée. Le V et le A. Les deux premières lettres du mot VASS. Obligé de se courber, il s'engagea dans le boyau. Cette fois, il avait vraiment du mal à respirer. Ici, les eaux stagnaient depuis des années. Une horreur. Encore une fois, il crut découvrir une tête et des cheveux, mais ce qui flottait à la surface de la fange n'était qu'un long écheveau de ficelle emmêlée. Gluante, écœurante comme une crinière morte. Il se remit à progresser, faillit s'arracher la manche à une série de crochets métalliques fixés à la maçonnerie, qui supportaient encore quelques sections de tuyauteries délabrées. Butant sur des éboulis, il chassa d'autres rats qui plongèrent dans le cloaque en couinant désagréablement, et une énorme araignée bizarrement diaphane fila devant son nez, s'enfouissant dans un épais entonnoir de toiles grises. Heureusement, après un temps qui lui parut une éternité, le Chasseur franchit un amas de gravats, avant de tomber enfin sur un panneau de ferraille rongée qui résista sous sa poussée.

L'accès aux caves de Vass A.G.

Mais à l'instant où il allait envoyer son pied en coup de bélier, son instinct le retint, tandis que dans son dos, un très léger clapotis résonnait.

— Alors, Chasseur ! On se promène ?

Une voix cinglante, nasillarde. Sinistre. Une voix qu'il avait instantanément reconnue.

Puis ce fut l'enfer. L'orage des rafales, le feu de la mort.

CHAPITRE XXIII

Tout était allé subitement si vite qu'on aurait pu s'imaginer voir un holofilm d'action en accéléré. Mu par des réflexes de guerrier, aiguisés par des années de lutte, le Chasseur avait éteint la *laserlamp* et plongé. En arrière. Une milliseconde avant que les premières rafales ne se déchaînent. Un véritable saut périlleux qui l'avait propulsé à l'abri des éboulis du radier. Un bouclier très éphémère, compte tenu de la violence du feu et des divers angles de tirs. Si nombreux que Sol se demandait comment il avait pu en réchapper. Juste avant d'éteindre sa lampe, Sol les avait aperçus. Entre quatre et six unités, réparties en aval et en amont de l'égout. Toutes équipées d'armes automatiques.

Jaillies de la fange !

Surgies en même temps du flot gras, telles d'antédiluviens monstres des ténèbres, crachant leur feu conjugué dans une débauche de claquements secs. Des rafales aux cadences si rapides que le Chasseur ne pouvait les attribuer qu'à un seul type d'arme.

Spektrom 500 !

Les minuscules pistolets-mitrailleurs de poche, parfaitement étanches, actuellement en dotation expérimentale dans les commandos d'élite du GSG 101, l'ancien corps d'affectation de Sol. Des engins de mort crachant la microscopique munition autopropulsive à bloc de propergol solide, de calibre 2,8 mm, chargeur de 500, d'où leur appellation. D'un simple effleurement de la détente, et grâce au système de visée laser, le tireur pouvait loger la moitié du chargeur dans une tête ou dans n'importe quel organe vital. Deux cent cinquante mini-ogives expansives au tungstène, dont les têtes s'écartaient à l'impact. Un véritable carnage. Presque pires que les fameuses *carbo-piercing,* dont Sol avait fait la terrible expérience et dont il conservait un exemplaire en plein cœur.

C'était au temps du GSG 101. Des siècles plus tôt.

— Tu vas nourrir les rats, Chasseur !

Sol avait tout de suite reconnu cette voix. Rien à voir avec le GSG 101. Ses anciens compagnons de lutte n'auraient jamais cherché à le tuer. Ce timbre-là était celui de son désormais pire ennemi.

Herr Cox.

Herr Cox, le chef des tueurs du Syndicat des libertés, qui avait retrouvé sa trace. Et pendant que les rafales continuaient à déchirer l'espace empuanti, Sol se demandait comment Cox avait pu apprendre qu'il serait ici. Une seule explication : Hans Schliemer, le flic de la *Kriminalpolizei,* la taupe locale de Dante. Comme s'il avait suivi ses pensées, *herr* Cox profita d'une accalmie du feu pour lancer de loin :

— Tes rares amis sont vraiment des imbéciles, Chasseur !

— Toi, renvoya Sol, tu es un lâche ! Tu te caches comme une vieille femme apeurée !

Pendant les tirs, le Chasseur n'était pas arrivé à le situer parmi les vagues silhouettes toujours à demi immergées dans le cloaque. Aussitôt après, conscients que leurs lasers pouvaient permettre de les localiser, ils avaient éteint ces derniers. Maintenant, dans ces profondeurs privées de toute source luminorésiduelle, l'I.L-System de Sol ne servait à rien et rallumer sa *laserlamp* eût été suicidaire. Les autres l'auraient immédiatement ajusté. Il fallait ruser. Transformer leur puissance de feu en faiblesse. Comme en judo ou en aïkido, il fallait utiliser la force de l'adversaire contre lui-même.

— Ton ami Schliemer a été très imprudent, Chasseur.

À moins d'un retournement de situation providentiel, Sol était piégé et *Herr* Cox le savait. Sa décontraction le prouvait. Il allait maintenant prendre tout son temps. Déguster son triomphe, tout en expliquant les raisons de celui-ci. Le Chasseur connaissait le principe. Classique. Le dialogue pour endormir la méfiance. Une arme qui pouvait être à double tranchant. Sol la connaissait aussi. Et il savait s'en servir. Dans les deux cas. Entrant dans le jeu, il questionna :

— Schliemer t'a parlé, hein ?

Nouveau rire de Cox.

— Pas la peine ! Nous savons depuis toujours qu'il travaille pour Dante. Tout son environnement est sous surveillance constante, et vos dialogues dans sa voiture ont été enregistrés.

Simplicité biblique. Cox n'avait eu qu'à le précéder ici et à l'attendre. Une satisfaction néanmoins, Hans Schliemer n'était pas un traître. Parallèlement

223

à cet heureux constat, l'esprit de Sol s'activait fébrilement. Il devait y avoir une solution. Il y en avait presque toujours une, même dans les cas les plus désespérés. Le problème était qu'on ne la trouvait presque jamais à temps.

— Chasseur ?

Toujours la voix de Cox.

— J'écoute, répondit calmement Sol.

En réalité, son esprit était ailleurs. Accroché à un chapelet de souvenirs. Presque rien. Quelques images fugitives, déjà quasiment effacées. Et comme pour mieux le troubler, le timbre sinistre de Cox reprenait de loin :

— Tu peux encore sauver ta peau, Chasseur !

L'éternelle astuce pour faire sortir le loup du bois. Sol sourit dans l'ombre. Il s'était brusquement souvenu, et il sentait que si son salut existait, il était forcément derrière lui.

Au bout de la ficelle.

Cet écheveau de ficelle visqueuse aperçu plus tôt, flottant au fil des eaux immondes. Il s'était aussi souvenu de la série de crochets, auxquels il s'était accroché la manche.

— Tu m'entends, Chasseur ?

— Je t'entends, répondit Sol.

— Qu'est-ce que tu en penses ?

Le Chasseur marqua un temps assez long, réfléchissant à son plan. Un instant, il avait songé utiliser ses gadgets achetés à *China,* mais pour rester immergés comme ils l'avaient été pour l'attendre, les autres étaient presque sûrement équipés d'un matériel de plongée. Dans ce cas, l'arme secrète de Sol ne serait d'aucune efficacité.

— Je t'ai posé une question, Chasseur ! Tu veux sauver ta sale peau, oui ou non ?

Herr Cox s'impatientait. Presque bon signe. Toujours calme, Sol répondit enfin :

— Tu dis comment, j'accepte peut-être.

— C'est simple. Tu te rends, et on efface l'ardoise.

Un nouveau sourire effleura les lèvres du Chasseur. Si Cox avait eu l'intention de le capturer vivant, il n'y aurait pas eu ce feu infernal un instant plus tôt. De toute façon, un Chasseur ne se rendait pas. Cela faisait partie du serment fait à Dante. Dans tous les cas, une seule alternative ; la victoire ou la mort. *Herr* Cox devait le savoir. Il cherchait seulement à se donner du temps. Celui de localiser Sol.

Pour le tuer à coup sûr.

Un long silence plana, seulement troublé par le clapotis des eaux usées et, parfois, par le petit cri bref d'un rat. Pendant ce temps, le Chasseur s'affairait. Lorsqu'il fut enfin prêt, il appela :

— Cox ?

— J'écoute !

— C'est d'accord !

Maintenant, le Chasseur était nu. Entièrement. Avec juste son sac de matériel, le Storm Spas-Compact accroché au cou et le Bull Survival dans sa gaine, lacée au mollet. Alors, sans attendre, il se laissa doucement glisser sur le côté. Vers le radier du collecteur. Quand ses jambes s'enfoncèrent dans la fange, il grimaça ; quand la surface du cloaque lui arriva aux hanches, il serra les dents. En priant pour que les rats...

— Alors, Chasseur ! Tu te montres ?

Sol resta muet. Il avait plusieurs dizaines de mètres à parcourir en aval. Si possible sans éveiller les soupçons des tueurs. Dans le noir le plus complet. Son but : l'écheveau de ficelle. En espérant qu'il n'était pas parti plus loin et que, privé du sens de la vue,

225

celui du toucher lui suffirait pour le retrouver. Les pieds glissant sur des masses visqueuses, les mains accrochées au rebord du trottoir, le Chasseur allait le plus vite, le plus silencieusement possible. Des remous inquiétants bouillonnaient autour de lui et des choses indéfinissables le frôlaient.

— Eh ! Chasseur ! Qu'est-ce que tu fais ?

Toujours muet, Sol était tendu à craquer. Les secondes s'écoulaient trop vite, les mètres se multipliaient entre lui et son but. Il n'était pas encore assez loin. Complètement à découvert. Si Cox s'énervait maintenant, si les autres se remettaient à arroser, il était fichu. Il serait haché sur place. Et puis, il y avait la menace d'une mauvaise rencontre. Il suffisait qu'il bute contre un des tueurs pour que...

— Eh ! Qu'est-ce...

Le Chasseur sentit son sang se glacer. Une de ses mains en avait rencontré une autre. Gantée, mouillée. Accrochée comme la sienne au bord du trottoir. Dans le même centième de seconde, son autre main avait lâché la pierre glissante pour fondre sur sa proie. Au jugé. Le tranchant blindé par le cal percuta une épaule, corrigea aussitôt sa trajectoire pour aller frapper la nuque. À l'aveuglette. Mais le tueur du SL avait de bons réflexes. Il avait déjà esquivé l'attaque en partie, et l'*atémi* de Sol dérapa sur l'épais latex mouillé de sa combinaison de plongée. Au passage, Sol avait senti une courroie sous ses doigts. Sans doute celle d'un Spektrom. Lâchant le trottoir de son autre main, il la lança vers la tête de l'adversaire, trouva instantanément la bouche, étouffant le cri qui allait en jaillir. Dans le même temps, attrapant la sangle, il tira violemment dessus, arrachant un râle étouffé à son propriétaire. Mais il n'eut pas le temps de tirer davantage. Simultanément, des doigts durs

226

comme l'acier avaient croché sa gorge, tandis que le corps de son adversaire pivotait brusquement vers lui. À cet instant, le Chasseur sentit que l'autre allait attaquer. Sans doute au couteau. Déjà, son autre main avait arraché le Bull Survival de sa gaine. Dans un mouvement combiné fulgurant, son propre buste avait pivoté pour échapper à l'attaque prévue et son bras armé s'était détendu. Un dixième de seconde avant celui de l'autre. Quelque chose glissa contre lui, il ressentit une vive brûlure au flanc, se colla littéralement à son ennemi pour parfaire son attaque, sentit nettement la résistance de l'acier du poignard contre la combinaison, puis la lame s'enfonça d'un coup. Contre lui, le tueur du SL parut secoué par une terrible décharge électrique. Un grognement sauvage roula dans sa gorge et il se raidit violemment... avant de s'amollir aussitôt. Foudroyé.

La terrible lame lui avait traversé le foie, cisaillant la veine cave inférieure au passage.

— Qu'est-ce qui se passe, là-bas ?

Toujours la voix de *herr* Cox. Tendue. Mais Sol ne voulait plus écouter. Poussant le corps du tueur sous l'eau puante, il avait repris sa progression. De nouveau en silence.

— Chasseur ! Qu'est-ce que tu fais ?

Dans la fièvre du moment, Sol avait failli rater la ficelle, toujours coincée entre les pierres. Galvanisé, et toujours à l'aveuglette, il tira dessus, parvint à en démêler une partie, se hissa sur le trottoir, le cœur au bord des lèvres.

— Chasseur !

Maintenant, Sol courait presque. Quand ses doigts rencontrèrent enfin les crochets dans le mur, il faillit crier de joie. Loin dans son dos, des remous commençaient à trahir l'impatience des tueurs du SL.

Tirant le terrible Automat Sig-Sauer de son sac, il l'attacha solidement au plus gros des crochets qu'il tordit dans la direction souhaitée, passa la ficelle dans le pontet, fit une boucle autour de la détente, glissa la même ficelle entre le tuyau le plus solide et le mur, fit un essai, perçut un déclic. Ça marchait. Il ôta la sécurité de l'arme, fit monter la première 44 Magnum auto-écrasante dans le canon, déposa sur le trottoir le Storm-Spas qu'il valait mieux ne pas mouiller, retourna aussitôt se plonger dans le cloaque.

— Chasseur ! Tu as tort de me prendre pour un imbécile !

La voix nasillarde roula sous la voûte, se perdit dans de lointaines profondeurs. Lorsque son écho cessa, le Chasseur était arrivé sur l'autre rive du radier depuis longtemps. Dans sa main gauche, le reste de l'écheveau et l'extrémité de la ficelle ; dans la droite, le court P-M Short Armalite, avec sa lunette Black-Out et ses deux chargeurs de quarante ogives de 5,56 mm chacun, assemblés tête-bêche.

Quatre-vingts petits morceaux de mort.

Pour essayer de sauver sa vie. Pour essayer aussi de sauver celle d'une enfant nommée Vilna.

— Tu entends, Chasseur ? Tu as tort !

C'était le moment. Une petite angoisse à l'estomac, Sol se mit alors à tirer doucement sur la ficelle. Si elle cassait, si elle se coinçait derrière le tuyau, si l'Automat était mal fixé et tombait, les lasers des tueurs du SL ne convergeraient pas en même temps dans la direction souhaitée, et son plan s'écroulerait. Il devrait alors improviser. Plutôt risqué. Mieux valait ne pas y songer. Alors, Sol tira plus fort sur la ficelle.

Et l'Automat tonna.

Une véritable petite explosion, qui fit littéralement trembler la voûte du collecteur et qui donna au Chasseur l'impression que ses tympans éclataient. Cela fit un éclair orangé qui illumina toute la zone durant un dixième de seconde, et tout de suite après, le tonnerre se redéchaînait. Exactement comme Sol l'avait espéré. Six petits points rouges de laser, maintenant tous situés en amont par rapport à lui, tous pointés dans la même direction. Vers l'Automat 44 Magnum. Si le Chasseur s'était réellement trouvé derrière l'arme, il aurait instantanément été haché sur place. Ce qui n'était pas le cas.

Alors, le Short Armalite cracha à son tour.

Rageur, parfaitement en ligne, tressautant à peine dans le poing du Chasseur qui, contrairement aux tueurs du SL, avait pris soin de désactiver la lunette Black-Out de son arme et de changer de place. En face, l'erreur fut fatale. Il y eut des cris, des plaintes, des bruits de chute dans l'eau, des remous violents. Pour faire bonne mesure, Sol tira une deuxième fois sur la ficelle. L'Automat tonna de nouveau, déclenchant un regain de feu ennemi. Beaucoup moins nourri. Trois P-M seulement. Des tirs dirigés cette fois dans deux directions. Vers l'Automat et vers l'endroit où il s'était trouvé l'instant d'avant. Des *zonzonnements* résonnèrent au-dessus de lui, des éclats de pierre le frôlèrent. Sans la précaution qu'il avait prise de s'immerger presque complètement dans le flot d'immondices, il aurait eu le crâne éclaté. Mais entre-temps, il avait permuté son bichargeur, et d'un coup de poignet, il réarma l'engin, avant d'enfoncer la détente une nouvelle fois. Trois rafales, courtes, sélectives. Puis trois autres.

Et ce fut le silence.

Total, presque douloureux. Avec l'obscurité redevenue complète. Plus un seul point laser en vue. À croire que tous les tueurs du SL étaient morts.

Encore une fois, le Chasseur avait changé de place, redescendant insensiblement vers l'aval, l'index sur la détente du Short Armalite. Prêt à rouvrir le feu. Mais le silence persistait, et il fallait bien en finir. Guidé par la ficelle qu'il n'avait pas lâchée, Sol était arrivé de l'autre côté du collecteur, en principe à l'aplomb de l'Automat. Avec précautions, il sortit sa *laserlamp* du sac, la posa sur le trottoir et l'actionna, plongeant aussitôt en retrait.

Rien.

Ou presque. Car devant lui, à moins d'une vingtaine de mètres, deux corps flottaient à la surface du cloaque. Plus un troisième. Plus loin, à hauteur de la porte en acier rouillé. Quasiment immergés. Il y avait du sang partout et de grosses bulles rouges éclataient tout autour.

L'air des embouts d'inhalateurs.

Peut-être aussi des bouteilles d'oxygène perforées. Réempoignant sa lampe, Sol balaya le boyau d'un long rayon de lumière blanche. Personne en vue. Remontant alors le collecteur, il alla sortir la tête du premier « noyé » hors de l'eau, puis celle des deux autres. Rien que des cadavres, mais pas de *herr* Cox. Plus loin, il repéra un pied palmé accroché dans une anfractuosité. Il alla tirer dessus, remonta un quatrième cadavre, sur lequel deux gros rats s'affairaient déjà. Dégoûté, il le lâcha, décida de quitter les lieux. Quelque part derrière cette porte en ferraille, il y avait Vilna. Vivante ou déjà morte. Il fallait savoir. D'un rétablissement, il se hissa le long des pierres, soulagé de s'arracher enfin au bourbier. Il prit une profonde inspiration, et il allait sortir les jambes de l'eau quand soudain, comme jaillie des profondeurs de l'enfer, une paire de tenailles glacées se referma sur ses chevilles. Pris de court, il voulut se débattre, reçut un terrible coup dans les reins, se sentit partir en arrière, retomba dans les eaux fangeuses dans un éclaboussement dantesque. Au même instant, une forme sombre avait surgi du flot, plongeant sur le Chasseur en grinçant :

— Crève !

CHAPITRE XXIV

— Crève !

C'était la voix de *herr* Cox !

Le Chasseur l'aurait reconnue entre toutes, mais il n'eut pas le temps d'analyser mieux la situation. Tiré vers le bas par une force extraordinaire, il comprit qu'un deuxième adversaire venait de lui empoigner les bras, et il se retrouva au fond du radier, terrassé sous le poids conjugué des deux tueurs, un genou enveloppé de latex lui écrasant le larynx. Il sentit sa tête s'enfoncer dans une épaisse couche de boue, le souffle lui manqua, et il éprouva une douleur intense au plexus.

Son cœur !

Comme à chaque effort trop violent, son cœur blessé se rebellait. Toujours la même souffrance aiguë, toujours cette même impression de sentir la vie le quitter. Avec ces tam-tams qui résonnaient à ses oreilles, avec ce sentiment que son sang allait faire exploser ses artères. Dès le début de la lutte, il avait envoyé sa main extraire le Bull Survival de sa gaine de mollet. Mais Cox, ou l'autre attaquant, avait devancé son geste et empoigné le manche de l'arme une infime parcelle de seconde avant lui. S'ensuivit une sourde lutte. Sol sentit ses poignets soudain emprisonnés, parvint à en dégager un, puis les deux. Il saisit un cou, serra de toutes ses forces. Mais le latex glissait sous ses doigts et il dut les engager sous la partie bonnet de la tête de l'adversaire pour attraper ses cheveux. Puis il tira. De toutes ses forces. Violemment. Répercuté par l'eau, un affreux craquement résonna. Celui des vertèbres brisées. Sous les mains de Sol, son adversaire devint tout mou, et il le lâcha.

Première victoire.

Déjà, le Chasseur avait trouvé le bras qui lui avait arraché le poignard. Celui de *herr* Cox. Plus maigre. Plus dur aussi. Là encore, il marqua un point en parvenant à tordre le poignet. Mais cette fois, ce fut une piètre victoire. Car à peine arrachée à la paume de *herr* Cox, l'arme engluée de boue grasse glissa des doigts du Chasseur. Sa main partit à sa recherche, mais l'autre genou de Cox lui frappa furieusement le bas-ventre et, tétanisé par la douleur, le Chasseur ouvrit instinctivement la bouche. Une eau immonde se rua en lui, et il lui fallut un effort de volonté extrême pour ne pas perdre tout contrôle à cet instant. Plaquée à lui, la grande carcasse de Cox n'offrait qu'une prise très difficile. À cause du caoutchouc de la combinaison et de la viscosité de l'eau. Les doigts de Sol glissaient sur tout ce qu'ils saisissaient, au contraire de ceux du mercenaire du SL, dont la force physique surprenait. Et l'air manquait de plus en plus. Un instant, le Chasseur parvint à attraper le tuyau de l'inhalateur de Cox, mais il s'agissait de matériel militaire. Maille d'acier sur caoutchouc. Matière spécialement étudiée pour résister aux conditions extrêmes. Y compris à une lame de poignard. Alors, Sol frappa. D'abord un coup de tête. Au jugé. Il se fit mal au front contre les lunettes de Cox, parvint néanmoins à dégager un espace suffisant entre eux. Ce qui lui permit de frapper encore. Comme il l'avait appris dans l'art de l'*até-wasa*. Doigts pliés aux premières phalanges. Cette fois encore, ce furent les lunettes de Cox qui encaissèrent. Une, deux, trois fois. Si fort qu'un verre céda brusquement. Si violemment que la tête de *herr* Cox fut brutalement rejetée en arrière, et qu'un grognement sourd s'échappa de lui. La pression du genou sur la gorge de Sol se relâcha. Il en profita aussitôt pour remonter ses propres genoux et pour catapulter le tueur vers le haut. Dans le même temps, le bras droit du Chasseur s'était détendu comme un ressort, et ses doigts raidis pénétrèrent par le verre de lunette brisé, forçant une résistance, s'enfonçant dans du chaud. Au-dessus de lui, *herr* Cox poussa un cri sauvage, lui échappa, frappant son abdomen de ses deux pieds palmés.

Une double gifle qui résonna sèchement sous la voûte.

Ignorant la douleur, le Chasseur jaillit du cloaque, cogna de nouveau. Du poing. *Gyaku-tsuki*. Une seule fois. Pour tuer. Atteint au plexus avec une violence inouïe, Cox émit un étrange hoquet, partit en arrière comme un boulet, allant s'affaler dans l'eau fangeuse à trois mètres de là. Bras et jambes en croix, atomisé. Grâce à sa *laserlamp* restée sur le trottoir, le Chasseur vit *herr* Cox soulever une gerbe liquide, puis s'enfoncer dans l'eau noire, inerte. Une de ses palmes demeura un instant en surface, avant de disparaître à son tour, comme aspirée vers le fond.

Puis ce fut le silence. De nouveau.

À bout d'épuisement, le Chasseur resta un moment comme statufié. Ses poumons semblaient à vif, ses muscles étaient durs comme du bois, et des lucioles fulguraient devant ses yeux brûlants. Une barre épouvantable lui comprimait le cœur, dont les battements avaient brusquement cessé. Bouche ouverte sur un cri muet, il restait toujours là, figé, glacé. Une immobilité qui dura jusqu'à ce que la nausée le plie en deux. Violemment. Atroce. Puis la vie revint enfin vraiment en lui, et son cœur se remit à battre. Fort. Avec tant de vitalité qu'il en eut mal et que, cette fois, un râle sourd roula dans sa gorge. Il se sentait malade, jusqu'au fond de chaque fibre de son corps. Enfin, après un temps qui lui parut une éternité, son organisme se remit à fonctionner et son cerveau redevint froid.

Pour penser à la suite.

D'abord, récupérer le Short Armalite. Il plongea de nouveau, trouva l'arme presque aussitôt et, chance insigne, mit également la main sur le Bull Survival. Sans l'avoir cherché. Les muscles douloureux, il se hissa enfin sur le trottoir et, à la lumière de la torche, s'aperçut qu'il saignait. Une courte estafilade au flanc. Blessure infligée par son premier adversaire. Apparemment sans gravité. Seul risque, l'infection galopante probable. Mais dans l'immédiat, un unique leitmotiv s'était remis à hanter l'esprit du Chasseur.

Vilna... Vilna... Vilna...

Oubliant l'odeur épouvantable que l'eau brassée dégageait maintenant, il récupéra l'Automat et le Storm-Spas, retrouva ses vêtements près de la porte en fer rouillé, se rhabilla et, avec les gestes de l'habitude, il démonta le petit P-M, le nettoya succinctement, le remonta, l'équipant de deux chargeurs neufs, avant de s'attaquer au panneau de fer, grâce au maigre outillage que contenait le sac. En espérant que les échos de la fusillade avaient échappé aux Tolls. Sinon...

En deux minutes, la porte céda.

Derrière, un couloir de cave montait en pente douce, lui aussi parcouru de tuyaux divers. Son petit arsenal redevenu opérationnel, le Chasseur le suivit, en trouva un autre, dut déblayer un pan de mur éboulé pour avancer davantage et fut bientôt arrêté par une porte en acier. Également rouillée, mais apparemment encore solide. Il y colla son oreille, n'entendit rien, pesa contre le panneau en essayant de tourner la poignée. En vain. Mais sa lampe lui montra des traces de graisse autour de la grosse serrure. De graisse fraîche.

Apparemment, les Tolls avaient prévu un itinéraire de repli.

Cette fois, Sol n'eut qu'à faire jouer son passe pour ouvrir sans difficulté. Automat P.2000 en main et lampe éteinte, il poussa le battant. Rien. Le système I.L. toujours inopérant dans cette obscurité totale, il ralluma la lampe, découvrit de vraies caves. Inhabitées. Immenses, voûtées à l'ancienne et dont certaines contenaient encore des fûts métalliques et plastiques aux contenus douteux.

Il était à pied d'œuvre. Dans les sous-sols de Vass A.G.

Dans le fief des Tolls.

Soudain, jailli de nulle part, un gros chat gris vint se frotter contre sa jambe. Il se déplaçait en boitant et une de ses cuisses portait un pansement grossier. L'animal poussa un miaulement plaintif, se mit à suivre Sol dans sa progression prudente. Il aboutit à un escalier en pierre, et le chat miaula de plus belle en le précédant précipitamment. Une chance. Il entendit un bruit sourd, un couinement bref, suivi d'une insulte en allemand. La seconde d'après, Sol débouchait sur un minipalier où un grand type assis par terre fumait un pétard. Un type au crâne rasé.

Un Toll !

Surpris par la lumière, le hell s'était redressé. Pas encore inquiet. Il croyait à la venue d'un autre Toll. Sol arriva sur lui comme la foudre, envoya son pied à la volée. La botte percuta si violemment la tête du Toll qu'il acheva de s'assommer contre le mur. Cela donna un son mat qui se répercuta dans les profondeurs. Du sang coulait du nez cassé, mais l'affreux respirait. Par la bouche. D'un coup de *Sting,* le Chasseur paracheva le travail et il enjamba le corps pour continuer. Il parvint à une petite salle où, philosophe, le chat était en train de lécher sa patte blessée. Une salle où un autre Toll dormait à poings fermés. Entre deux filles auxquelles leurs crânes également rasés donnaient des allures de mannequins de cire. Sol joua encore du *Sting.* Cette fois, les petites charges de couleur ne contenaient qu'un très puissant somnifère. Les filles sursautèrent à peine, mais le Toll se débattit deux à trois secondes avant de sombrer. Sol avait dû le bâillonner de sa main libre. Enfin, suivant le chat qui décidément semblait aimer sa compagnie, Sol arriva devant une autre porte. En bois, entrouverte. Il prêta l'oreille, fronça les sourcils.

C'était comme une musique. Ou plutôt comme une lente mélopée, émise par une seule voix. Très loin. Et toujours la même complainte. Lente, modulée, filée. Elle durait quelques secondes, s'arrêtait, reprenait presque aussitôt de la même manière.

Intrigué, le Chasseur releva le percuteur du P.2000 et, avec d'infinies précautions, il repoussa la porte.

Centimètre par centimètre. Jusqu'à avoir une vision claire de la scène.

Il le regretta aussitôt.

Là-bas, au milieu de l'immense salle où achevaient de brûler des torches autour d'une espèce de trône, on avait dressé une grosse croix de bois en forme de X. Et sur cette croix, écartelé et pantelant, un corps nu, ensanglanté, inerte. Avec un visage. Martyrisé. Mais un visage qu'il identifia pourtant.

Celui de Vilna.

Vilna, crucifiée !

CHAPITRE XXV

Vilna torturée !

Vilna, dont les grands yeux entrouverts et sans éclat fixaient le vide. Un regard mort. Un grand froid avait envahi Sol et une vague dévastatrice était en train de déferler en lui. Dans sa poitrine, il lui sembla que son cœur martyrisé allait exploser et qu'il allait mourir là lui aussi. Avant d'avoir achevé sa chasse.

Sans avoir sauvé Vilna !

Alors, pour la première fois de son existence de Chasseur, il eut envie de tuer.

Vraiment envie.

Un désir fou de faire une boucherie de tous ces porcs affalés. De faire couler le sang et d'éclater les crânes. Il avait envie d'anéantir tout le mal de la Création. Presque envie aussi de mourir lui-même. Il fit un pas en avant et, ignorant ce cœur fou qui battait trop fort dans sa poitrine, il émergea dans la lumière mourante des torches, tel un exterminateur de légende.

D'instinct, il avait arraché le Spas-Compact de son mousqueton et l'avait armé en poussant le garde-main d'un mouvement sec. Cela avait provoqué une succession de claquements mécaniques qui résonnèrent dans l'immense atelier désaffecté. Réveillé en sursaut, un Toll couché sur sa selle de chopper se redressa à demi. Sol intercepta son regard hébété, noyé d'alcool, de drogue et de bêtise, comprit qu'il ne le voyait pas vraiment. Qu'il ne comprenait pas. Et il sut qu'il ne pourrait pas tuer.

Pas comme ça.

Alors, lèvres serrées sur sa haine, il brandit le premier cylindre métallique fourni par le spécialiste de *China*. Cette arme secrète, qu'il n'avait pu utiliser contre les tueurs du SL. Ce gaz évoqué par Schliemer et qui avait endormi les serpents. Il porta l'anneau d'une goupille à ses dents, l'arracha d'un coup sec et lança le cylindre. Juste aux pieds du Toll à demi réveillé. Dans un chuintement soyeux, un épais panache de fumée blanche s'en échappa aussitôt, se répandant dans l'atmosphère à une vitesse étonnante. Le deuxième container le suivit, puis un troisième et un quatrième. Lancés aux quatre coins de l'immense salle. Maintenant, le bruit de soufflet et l'odeur âcre de la fumée tiraient un à un les Tolls de leur abrutissement. L'un d'eux cria quelque chose, voulut se redresser pour arracher son fusil d'une fonte de selle. Mais les forces lui manquèrent et il oscilla sur place, les bras tout mous le long du corps, le regard vague et la bouche ouverte sur une exclamation muette. À cet instant, émergeant du brouillard laiteux à la manière d'un diable jaillissant de sa boîte, un autre Toll se précipita sur Sol. Dans ses mains, un énorme Star-Gun Winchester à deux canons superposés. Des canons exactement pointés sur Sol. Ce dernier leva le Spas-Compact, juste à l'instant où le Winchester crachait son feu d'enfer. Le Chasseur sentit le vent brûlant et perçut le vrombissement caractéristique de la terrible balle en étoile. Il tourna instinctivement sur lui-même de manière à se placer de biais, enfonça la détente du Spas-Compact.

À cinq mètres de lui, la tête de l'imbécile disparut.

Pulvérisée, déjà répandue un peu partout autour d'eux. Une fille hurla, un autre coup de feu éclata quelque part et il y eut même un grondement de moteur de chopper. Un grondement qui s'acheva en pétarade ridicule, avant de mourir complètement.

C'était la panique.

Une panique que l'hébétude provoquée par le gaz et la fumée renforçait, et que les cris des filles contribuaient à dramatiser encore. Une autre silhouette de Toll surgit devant Sol. Il eut le temps d'apercevoir une face grimaçante et d'intercepter l'éclair noir de l'acier d'un canon. Tout près. Il tira d'instinct. De la main gauche. Le P.2000 éternua discrètement et le front gras de transpiration s'ouvrit sous l'impact de la 44 Magnum fendue en croix. L'ordure battit frénétiquement des bras, tira une rafale qui se perdit en l'air et s'affala lourdement en tournoyant sur lui-même. L'arrière de son crâne n'existait plus.

Sa cervelle non plus.

Le Chasseur trouvait le temps long. Les effets du gaz semblaient moins rapides que prévu. Il envoya encore trois containers autour de lui et, cette fois, la fumée blanche fut si dense qu'on n'y voyait plus à un mètre. C'était comme si l'on voyageait dans les nuages. Dans un ciel qui n'était que l'enfer. Sol entendit tousser, crier, se plaindre, puis il n'entendit bientôt plus rien. L'étrange et sinistre complainte s'était tue elle aussi. Alors seulement, il s'étonna de ne ressentir aucun effet du gaz. Même infime. À part, peut-être, une légère irritation des sinus.

L'aspirine avait décidément des vertus étonnantes.

Cette aspirine également évoquée par Hans Schliemer. Le Chasseur avala le reste du premier tube, jeta celui-ci à terre et, se repérant à l'instinct dans la fumée, il décida de se lancer à la recherche de Vilna.

D'abord elle. Par respect pour sa dépouille. Pour Ström, il avait maintenant le temps. Tout le monde dormait.

Il partit sur sa droite, buta sur un corps, écrasa une main qui tenait un fusil, parcourut une distance qui lui parut trop grande. Il s'était trompé. Il revint sur ses pas, balayant l'espace cotonneux de ses deux bras en croix. Comme crucifié lui-même.

— Vilna !

Il avait crié. Pourtant, il lui sembla que sa voix n'avait pas dépassé son environnement immédiat. L'épais brouillard blanc arrêtait les sons. Sol suspendit le Spas à son épaule, glissa le P.2000 dans sa ceinture et repartit en avant.

— Vilna !

C'était idiot. Les cadavres ne parlaient pas. Sol était désormais le seul acteur encore conscient de cet opéra de feu et de sang. Il était le héros mythique, le symbole de la Justice debout.

— Vilna !

Ça y était ! Ses mains avaient rencontré le bois rugueux de la croix. Elles couraient dessus, elles s'approchaient, elles...

Puis il y eut la plainte.

À peine perceptible. Si faible qu'on aurait pu la prendre pour un souffle de vent circulant dans ces ruines. Mais il n'y avait pas de vent. Et ce gémissement avait si fort ressemblé à la sinistre mélopée entendue plus tôt...

Vilna ! C'était Vilna qui avait gémi ainsi ! Vilna était vivante ! Elle était là, douce, tiède, frémissante.

Vivante !

Vilna l'enfant, Vilna l'innocence violée. Vivante ! Déjà, les doigts de Sol partaient à la recherche des liens qui meurtrissaient sa chair. Ils trouvaient un nœud, puis un deuxième. Ils bougeaient, agiles, puissants et autonomes. Mais soudain, comme un léger courant d'air froid, quelque chose venait d'effleurer sa nuque. Subitement dégrisé, le Chasseur lança une main vers la crosse du P.2000 et tourna la tête.

Pour voir la face grimaçante du diable.

Abel Ström !

Une formidable décharge d'adrénaline irrigua soudain les artères du Chasseur. Une nouvelle fois, son cœur blessé ressentit un choc aigu. Douloureux. Puis il marqua un temps, comme hésitant à s'arrêter, repartit enfin. De plus belle.

Le temps d'un éclair, le Chasseur se dit que son imagination lui jouait un tour, que la fumée toxique altérait son jugement, que... Mais non, c'était bien Abel Ström.

Ström et son imposante carcasse.

Ström et sa face crispée de rage.

Ström et son front de métal brillant. Ström et ses terribles migraines, Ström et ses éternelles overdoses d'Aspiridium à très haute teneur en aspirine pure. Cette aspirine qui annihilait les effets du gaz somnifère.

— Tu vas crever ! hurla soudain le chef des Tolls. Crever !

Sol ne comprenait rien à cette immunisation. Il vit entrer un gros canon noir dans son champ de vision et déjà, l'ordinateur de son cerveau enregistrait chaque détail, analysait la situation.

Gérer le danger.

L'arme était un Remington Pack 900. Une arme au canon blindé et rayé qui tirait indifféremment balles chemisées pour la chasse au gros et cartouches à billes d'acier pour le combat de jungle. Système de pompe à double engagement, forte pression sur le deuxième. Mais la cartouche ou la balle qui allait tuer Sol était sans aucun doute déjà dans le canon.

Un canon qui s'approchait de son cou. Qui allait lui écraser la pomme d'Adam, qui allait cracher sa tempête de mort. Plus question d'alternative. Plus question d'injection du *Last Ring*. Tout était devenu simple, binaire : la vie, la mort.

— Je vais te buter ! hurla encore Abel Ström.

Il écumait de rage. Trop. Son libre arbitre était altéré par sa soif de triomphe dans la vengeance. Il voulait que Sol sache. Qu'il se pénètre de l'idée de sa mort. Qu'il ait peur. Longtemps.

— Fais ta prière, Chasseur ! gronda encore le Toll déchaîné. Fais-la vite !

Le gros canon du Remington Pack 900 s'était enfoncé dans le cou de Sol. Juste sous le menton. À quarante centimètres, le Chasseur voyait l'index épais du Toll pâlir sur la détente. Encore deux millimètres et les terribles billes d'acier feraient exploser sa chair pour l'emporter dans la mort. Tandis que derrière lui, cloué sur la grande croix de bois, écartelé dans une hideuse pose sacrificielle, le corps nu de Vilna semblait l'appeler au secours.

Vilna qu'il ne sauverait pas !

À quelques centimètres, les yeux de Ström lançaient des éclairs fous et la plaque de carbotitium brillait. Le brouillard commençait à s'estomper, les formes et l'espace reprenaient peu à peu leur aspect habituel. Leur terrible réalité.

Gérer le danger. Calculer les probabilités.

Sol regardait. Sol enregistrait tout. La pression de l'arme sur son cou, celle de l'index sur la détente du Pack 900, la distance qui séparait leurs corps, leurs mains, leurs visages. Dans le cerveau du Chasseur, les options s'alignaient, avec leurs cotes de réussite possible, leurs risques de dérapage, leur logique par rapport aux réactions de l'adversaire. Et les yeux de Sol ne lâchaient plus les yeux de Ström. Il savait que ce serait là. Là que se lirait en premier la décision de tuer. Pas sur l'index qui n'était qu'un instrument. Il savait aussi qu'à l'extrême fraction de temps où cette décision serait prise, la dualité interne qui sommeille dans tout processus de cet ordre interviendrait.

Un centième, un millième de seconde.

La fenêtre de réaction.

— Je vais te...

Sol vit l'étincelle dans le regard, intercepta la brève dilatation de la pupille. Les deux réactions de la fameuse décision. La fenêtre de réaction.

Alors, il passa à l'offensive.

Vite. Très vite.

Son cou glissa sur le côté, sa tête tourna légèrement pour accompagner le glissement, ses mains montèrent en même temps. La gauche passa devant son propre menton, balaya le canon. Il y eut une explosion d'enfer, le feu mordit sa chair et son tympan sembla exploser. Dans la même infinitésimale parcelle d'éternité, la main droite du Chasseur était allée accrocher le col de Ström et, comme un boulet de canon au sortir de la bouche à feu, sa tête partit en avant.

Si vite, si fort, si inexorablement que rien ni personne n'aurait pu la détourner de son but.

La plaque de carbotitium.

Le front de Sol percuta celui de Ström avec une violence inouïe. Le Chasseur ressentit le choc jusqu'au tréfonds de toutes ses terminaisons nerveuses. Mais le coup de boule était impeccable. Frappée de plein fouet, la plaque de carbotitium qui consolidait les pans de l'os frontal cassé résonna sous le terrible choc. Il y eut un craquement sec. Ström hurla et, comme dans un holofilm d'horreur, la plaque de métal brillant s'enfonça dans le front encore trop fragile. Éclaté, ce dernier laissa jaillir son sang et Sol recula. Déjà, ses mains avaient arraché le Remington de celles de Ström. Il fit pivoter l'arme, l'amena à l'horizontale de la tête de Ström, crosse en avant.

Puis il cogna de nouveau. Une seule fois.

Il y eut un autre choc, un dernier craquement, une nouvelle hémorragie. La tête éclatée de Ström partit en arrière, sa bouche s'ouvrit sur un ultime cri, mais celui-là ne franchit pas ses lèvres.

Quand le diable noir bardé de cuir râpé s'écroula, ce fut d'un coup. Lourdement, définitivement.

Pour l'éternité.

Une fois encore, Sol avait été obligé de tuer. La punition ultime. Un fardeau de plus à porter, un accroc supplémentaire à son âme et à son cœur saccagé. Un cœur qui avait mal.

Très mal. Il lâcha le Pack 900, l'arme rebondit sur le cadavre de Ström, s'immobilisa en travers du vaste poitrail. Comme à la parade. Le Chasseur se détourna, délia les frêles poignets de Vilna, délivra ses chevilles de gazelle, enroula le jeune corps inanimé dans son ample et long manteau noir et, sans un regard de plus pour l'enfer qu'elle avait connu, il l'enleva, l'emporta.

Comme une enfant.

Comme une enfant qu'elle ne serait plus jamais.

CET OUVRAGE A ÉTÉ REPRODUIT
ET ACHEVÉ D'IMPRIMER SUR ROTO-PAGE
PAR L'IMPRIMERIE FLOCH À MAYENNE
EN MARS 1995

Éditions du Rocher
28, rue Comte-Félix-Gastaldi
Monaco

Dépôt légal : mars 1995.
N° d'édition : CNE section commerce et industrie .
Monaco : 19023.
N° d'impression : 37430.

Imprimé en France